हिन्द पॉकेट बुक्स

मन ना भये दस बीस

मालती जोशी प्रख्यात हिन्दी लेखिका हैं, जिन्हें 2018 में साहित्य तथा शिक्षा के क्षेत्र में उनके योगदानों के लिए पद्म श्री से सम्मानित किया गया। आपने आगरा विश्वविद्यालय से वर्ष 1956 में हिन्दी विषय से एम.ए. की शिक्षा ग्रहण की। अब तक अनगिनत कहानियां, बाल कथाएं व उपन्यास प्रकाशित कर चुकी हैं। इनमें से अनेक रचनाओं का विभिन्न भारतीय व विदेशी भाषाओं में अनुवाद भी किया जा चुका है। कई कहानियों का रंगमंचन रेडियो व दूरदर्शन पर नाट्य रूपान्तर भी प्रस्तुत किया जा चुका है। कुछ पर जया बच्चन द्वारा दूरदर्शन धारावाहिक *सात फेरे* का निर्माण किया गया है तथा कुछ कहानियां गुलज़ार के दूरदर्शन धारावाहिक *किरदार* में तथा *भावना* धारावाहिक में शामिल की जा चुकी हैं।

AF669635

मन ना भये दस बीस

मालती जोशी

हिन्द पॉकेट बुक्स
पेंगुइन रैंडम हाउस इम्प्रिंट

हिन्द पॉकेट बुक्स

यूएसए | कनाडा | यूके | आयरलैंड | ऑस्ट्रेलिया | सिंगापुर
न्यू ज़ीलैंड | भारत | दक्षिण अफ्रीका | चीन

हिन्द पॉकेट बुक्स, पेंगुइन रैंडम हाउस ग्रुप ऑफ़ कम्पनीज़ का हिस्सा है,
जिसका पता global.penguinrandomhouse.com पर मिलेगा

पेंगुइन रैंडम हाउस इंडिया प्रा. लि.,
चौथी मंजिल, कैपिटल टावर -1, एम जी रोड,
गुड़गांव 122 002, हरियाणा, भारत

पेंगुइन
रैंडम हाउस
इंडिया

प्रथम हिन्दी संस्करण हिन्द पॉकेट बुक्स द्वारा 1982 में प्रकाशित
यह हिन्दी संस्करण हिन्द पॉकेट बुक्स में पेंगुइन रैंडम हाउस द्वारा 2023 में प्रकाशित

कॉपीराइट © मालती जोशी, 1982

सर्वाधिकार सुरक्षित

10 9 8 7 6 5 4 3 2

इस पुस्तक में व्यक्त विचार लेखक के अपने हैं, जिनका यथासंभव तथ्यात्मक
सत्यापन किया गया है, और इस संबंध में प्रकाशक एवं सहयोगी
प्रकाशक किसी भी रूप में उत्तरदायी नहीं हैं।

ISBN 9789353490836

मुद्रकः रेप्रो इंडिया लिमिटेड

यह पुस्तक इस शर्त पर विक्रय की जा रही है कि प्रकाशक की लिखित पूर्वानुमति के बिना इसका व्यावसायिक अथवा अन्य किसी भी रूप में उपयोग नहीं किया जा सकता। इसे पुनः प्रकाशित कर विक्रय या किराए पर नहीं दिया जा सकता तथा जिल्दबंद अथवा किसी भी अन्य रूप में पाठकों के मध्य इसका परिचालन नहीं किया जा सकता। ये सभी शर्तें पुस्तक के ख़रीददार पर भी लागू होंगी। इस संदर्भ में सभी प्रकाशनाधिकार सुरक्षित हैं।

www.penguin.co.in

FSC www.fsc.org
MIX
Paper from responsible sources
FSC® C047271

This is a legitimate digitally printed version of the book and therefore might not have certain extra finishing on the cover.

मनु को
जो मेरी कहानियों की
परम भक्त भी है
और
प्रखर आलोचक भी

क्रम

मन ना भये दस-बीस

"पापा, कार्तिकजी आए हैं," मैंने हांफते हुए कहा।

पापा ने उपन्यास से थोड़ा-सा सिर उठाया और कहा, "तो आने दे ना, तू इतनी बदहवास क्यों हुई जा रही है ?"

"पापा, वे दीदी को पूछ रहे हैं।"

"तो बता दे न, कि घर पर नहीं है, रिहर्सल पर गई है," उन्होंने इत्मीनान से कहा।

सच, पापा तो कभी-कभी...पर मुझे भुनभुनाने का भी अवसर नहीं मिला। कार्तिक भीतर आ गए थे।

"मे आई कम इन !" उन्होंने दरवाज़े पर खड़े होकर कहा, "पापा-जी, आई थिंक यू डोंट माइंड माइ कमिंग इन। मैंने सोचा, अब मुझे इस घर में ड्राइंगरूम से थोड़ा आगे भी प्रवेश मिल जाना चाहिए।"

"क्यों नहीं, क्यों नहीं बेटे, अब तो यह तुम्हारा अपना ही घर है," पापा ने अभ्यर्थना में उठते हुए कहा। पर उनकी आंखों में स्वागत का भाव ज़रा भी न था। शायद पुस्तक अधबीच में छूट जाने का दुख था। कार्तिक के लिए एक कुर्सी सरकाते हुए बोले, "शिखा बेटे, अपने जीजाजी के लिए कुछ चाय-वाय का इंतज़ाम करो।"

मैं जैसे जान छुड़ाकर भागी, सीधे किचन में आकर ही दम लिया। लेकिन फिर लगा कि कुछ देर रुकना चाहिए था वहां, पापा का कुछ ठीक नहीं है। कभी-कभी वे बहुत सच बोल जाते हैं। दीदी पर बड़ा गुस्सा आ रहा था। इतना मना किया था कि आज रविवार है, कहीं मत जाइए। पर जहां मां शापिंग

के लिए बाहर निकलीं, ये भी घर से भाग लीं। जानती जो हैं कि कुछ हो जाए तो संभालने के लिए शिखा है ही।

राम-राम करके कॉलेज का सिल्वर जुबिली फंक्शन समाप्त हुआ था। उसमें दीदी की 'विरहिणी राधा' खूब हिट हुई थी। उनके ससुरालवालों ने भी उनके नृत्यकौशल की सराहना की थी। पर बस, उसके बाद मां को धीरे से समझा दिया था कि अब वह किसी समारोह में भाग नहीं लेगी। एक ही शहर का मामला था। इसलिए बहुत चौकन्ना रहना पड़ता है।

दीदी इतना भुनभुनातीं, "उनसे कहिएगा, आपके घर पहुंच जाऊं तब सात तालों में बंद करके रखें। पर अभी से इतनी बंदिश क्यों ?"

और बंदिश क्या यही एक थी ? सगाई के बाद जैसे प्रतिबंधों का तांता लग गया था। पहनने-ओढ़ने तक की आज़ादी नहीं रह गई थी। दीदी सचमुच कभी-कभी इतना घबरा जातीं, कहतीं, "कहां के घामड़ लोग पल्ले पड़ गए हैं। क्या दुनिया में मेरे लिए यही एक घर रह गया था ?"

मां तब बड़े प्यार से समझातीं, "मन छोटा क्यों करती है पगली ! तुझे कौन उनके साथ ज़िंदगी भर रहना है ? थोड़े दिनों की तो बात है। तू तो अपने दूल्हे को देख। सात जन्मों तक तपस्या करने के बाद ऐसा वर मिलता है।"

मां के मुंह से तपस्या की बात बड़ी अजीब-सी लगती थी। पर वे झूठ नहीं कहती थीं। लड़का उन्होंने लाखों में एक ढूंढ़ा था। लंबा-ऊंचा कद, सुगठित देहयष्ठि, दमकता गेहुआं रंग, तीखे नाक-नक्श। एम० कॉम० फर्स्ट क्लास थे। स्टेट बैंक में ग्रेड टू ऑफिसर थे। शहर में अपना मकान था। पिता रिटायर्ड सेल्स टैक्स कमिश्नर थे। इसलिए उनकी बातचीत में, रख-रखाव में एक आभिजात्य था। और आई० ए० एस० में सिलेक्ट हो जाने के बाद तो उनका पूरा व्यक्तित्व ही गरिमामय हो उठा था।

जिस दिन दीदी का रिश्ता लेकर पहुंचे थे ये लोग, उसी दिन कांपिटीशन की लिस्ट निकली थी। बस उन लोगों ने इसे दीदी का ही शुभ शकुन मान

लिया और बात बड़ी आसानी से पक्की हो गई। एतराज़ करने का प्रश्न नहीं था। दीदी को बहू बनाने में किसी भी परिवार को गर्व का ही अनुभव होता। अपने कॉलेज की 'ब्यूटी क्वीन' समझी जाती थीं। दीदी नृत्य में प्रवीण तो थी ही, इंग्लिश में एम० ए० भी कर रही थीं। मांग ज़रूर उन लोगों की कुछ ज्यादा लग रही थी, पर मां कहतीं, "अच्छे लड़के सड़क पर पड़े नहीं मिल जाते। खर्च तो करना ही पड़ता है। इतना रूप-गुण लेकर आई है वह, तो क्या किसी बाबू या मास्टर के घर में जाएगी ? हीरा, सोने में जड़ा हो, तभी अच्छा लगता है।"

लेकिन मां का 'हीरा' अकसर उन सुनहले बंधनों से कसमसा उठता था। तब मुझे बहुत आश्चर्य होता था। सोचती थी, दीदी एकदम पागल हैं। ऐसे पति के लिए मैं तो जीवन-भर का कारावास स्वीकार कर लूं।

चाय लेकर बाहर गई तब कार्तिक, पापा से कह रहे थे, "तो पापाजी, अब यह जिम्मेदारी आपकी रही। शहर में हमारे रिश्तेदार भरे पड़े हैं। अगर वे कहीं जाती भी हैं, तो शिखा को या भाई को साथ ले लिया करें। यों अकेले आना-जाना ठीक नहीं लगता।"

"देखो बेटे," पापा ने अपना कप उठाते हुए शांत स्वर में कहा, "इस घर में किसी के, कहीं आने-जाने पर प्रतिबंध नहीं है। कम-से-कम मेरा तो नहीं है।"

"यह क्या कह रहे हैं आप ? आप इस घर के बड़े हैं।"

"हां, बड़ा तो हूं," पापा ने निर्लिप्त भाव से कहा, "पर इस घर की रीति यही है। तुम्हारे घर आएगी रेखा, तो तुम अपने सांचे में ढाल लेना।"

इतना गुस्सा आया पापा पर। कार्तिक के जाते ही बरस पड़ी मैं, "आखिर उनके सामने यह सब कहने की क्या ज़रूरत थी ?"

पापा उसी शांत स्वर में बोले, "क्या-क्या छिपाएंगे बेटा, और कब तक छिपाएंगे ? आखिर एक दिन उन्हें सब जान ही लेना है।" और उन्होंने साइड टेबल पर रखा उपन्यास फिर से उठा लिया और दूसरे ही क्षण वे उसमें

डूब गए।

हताश हो अपनी मेज़ पर आकर बैठ गई मैं। 'फ्रांस की राज्य क्रांति' मेरी प्रतीक्षा कर रही थी। वे ऊटपटांग नाम वैसे ही दिमाग में धंसते नहीं। हेनरी लोगों और लुई लोगों पर तो इतना गुस्सा आता है। क्या इनके माता-पिता को नये नाम ही नहीं सूझते थे ? मुझसे पूछते तो सौ बता देती। पर अब तो इन लोगों की कृपा से यूरोपियन हिस्ट्री एक भूल-भुलैया बन गई है। पढ़ते-पढ़ते दिमाग परेशान हो जाता है। तिसपर घर का माहौल ऐसा रहता है कि बस...

मुश्किल से दो पेज पढ़ पाई थी मैं कि आंधी की तरह भाई कमरे में घुस आये, "ए शिखा, तीन-चार गिलास शर्बत तो बना झटपट।"

मैं मुंह बाये उन्हें देखने लगी तो एकदम फट पड़े, "क्यों, थोबड़ा क्यों लटक गया तुम्हारा ? घर में शर्बत नहीं है या गिलास गायब हैं ?"

"बना तो रही हूं बाबा, आप तो बस एकदम सिर पर सवार हो जाते हैं," पैर पटकती हुई किचन में चली आई। इन लोगों के रहते फर्स्ट क्लास तो क्या आएगी, पास भी हो जाऊं तो बहुत है।

ट्रे में गिलास लगाकर नाश्ते की प्लेटें भी रख दी थीं मैंने। भाई अंदर आए तो चकित रह गए, "इतना शाही संरजाम ! ये मेरे लिए तो हो नहीं सकता। कौन आया था ?"

"कार्तिक आये थे," मैंने सहमते हुए कहा।

"हूं, उनके लिए तो पलक झपकते ही सारा सामान तैयार हो जाता है, और मेरे दोस्तों के लिए दो गिलास शर्बत बनाते हुए भी लोगों की जान निकल जाती है। रखे रहो—हम गन्ने का रस पी लेंगे। उसी लायक तो हम हैं।" और वे सचमुच बाहर चले गए।

हक्की-बक्की-सी मैं ट्रे की तरफ देखती रह गई। अब ये इतना सारा शर्बत ! फ्रिज़ में रख दूं और मां आकर देख लें तो घंटों चीखती रहेंगी, 'मैं तो खून-पसीना एक करके कमा रही हूं। तुम लोग इसी तरह मुझे तबाह करते रहो।' पर उठाकर नाली में फेंक देने का भी तो मन नहीं होता।

"पापा, शर्बत लेंगे ?"

"शर्बत ? अभी तो चाय ली थी बेटे !"

"अब शर्बत ले लीजिए।"

"ले आओ।"

पापा की आदत इतनी अच्छी है कभी जिरह नहीं करते। चुपचाप पूरा गिलास गटक गए। एक मैंने पी लिया। शेष दिल कड़ा करके नाली में उलट दिया।

वैसे मुझे इतनी चिंता करने की ज़रूरत नहीं थी। भाई को ज़रासा उलाहना भर दे देती, एक ही सांस में सारे गिलास खाली कर जाते। अजीब-से होते जा रहे हैं भाई आजकल। कब, किस बात का बुरा मान जाएंगे; कब, किस बात पर तूफान मचा देंगे; पता ही नहीं चलता। मां तो अकसर बाहर रहती हैं। दीदी कभी सामने पड़ती नहीं। बस मैं ही हाथ आती हूं तो मुझीपर जब-तब बरसते रहते हैं।

यही भाई कभी-कभी इतने निरीह-से लगते हैं कि प्यार आने लगता है। जीवन में इतनी असफलताओं का मुंह देखा है उन्होंने और उसके लिए मां के इतने व्यंग्य-बाण झेले हैं कि कभी-कभी डर-सा लगने लगता है कि कुछ कर न बैठें।

"शिखा !" मां की तीखी आवाज़ सुनाई दी तो मैंने खिड़की का पर्दा हटाकर देखा, वे सड़क पर खड़ी टैक्सी का बिल चुका रही हैं।

बाहर आकर देखा, एक बड़ा-सा खोखा उनके पैरों के पास पड़ा है। "इसे हाथ लगवा तो ज़रा, ख़ूब भारी हो गया है। मरे टैक्सीवाले इतने उद्दंड हो गए हैं आजकल ! तांगे वाला होता तो सीधे अंदर लाकर रखवा देता," उन्होंने हांफते हुए कहा। बक्सा सचमुच भारी था। फाटक से सीढ़ियों तक आते-आते दम फूल गया।

"रेखा कहां है ? उसे बुला ले ज़रा।

"दीदी घर में नहीं हैं।"

"कहां चली गई है ? उसे इतनी बार मना किया, इतवार को घर पर रहा करे, बेवकूफ है बिल्कुल।"

मैं चुप ही बनी रही। कहीं मां को पता चला कि कार्तिकजी आकर लौट

गए हैं, तो यहां सड़क पर ही शुरू हो जाएंगी।

"वे राजकुमार भी घर में नहीं होंगे। तुम्हारे पिताश्री तो हैं। उन्हीं को बुला लो।"

मैं पापा को बुला लाई। हम दोनों ने बड़ी मुश्किल से वह खोखा उठाकर भीतर रखा। मां तब तक पंखे के नीचे बैठकर पसीना सुखाती रहीं।

चाय पीते हुए मां ने फिर पूछा, "रेखा कहां है ?"

मैंने बात बदलते हुए कहा, "इतना सारा क्या लाई हैं, दिखाइए तो !"

"डिनर सेट है, स्टील का। ज़िंदगी भर को फुर्सत हो जाएगी। चीनीवाले में तो बड़ा रिस्क रहता है। एक पीस टूटा कि सेट बर्बाद हो गया।" मां अपने प्रिय विषय पर आ जाएं तो बोलती ही रहती हैं। बड़े उत्साह से उन्होंने सारी पैकिंग खोली और एक-एक चीज़ मेज़ पर सजाने लगीं।

सेट सचमुच ज़ोरदार था। बारह लोगों के लिए था। मां का हर काम रॉयल ही होता है। एक-एक प्लेट उठाकर मैं देखने लगी, सब-पर कलात्मक अक्षरों में 'रूपरेखा, कार्तिक कुमार' अंकित था।

"आप तो नाम भी लिखवा लाईं," मैंने कहा।

"ठीक रहता है," उन्होंने रहस्य-भरे अंदाज़ में कहा, "वह एक फुलझड़ी बैठी हुई है न घर में। क्या पता, कल को सब-का-सब उठा कर उसे दे दें ! उन लोगों को दर्द थोड़े ही आएगा। पर अपनी तो खून-पसीने की कमाई है...रेखा आ जाती, उसे दिखा देते तो पैक हो जाता। तुम्हारे पिताश्री देखना चाहें तो बुला लो। वे तो साधु महाराज हैं। इन चीज़ों में उन्हें कोई इंटरेस्ट नहीं है, पर मुझे तो इसी दुनिया में रहना है न...पर यह छोकरी गई कहां ?"

"वह आजकल भरतनाट्यम् सीख रही हैं," आखिर मैंने कह ही डाला, "हफ्ते में तीन दिन जाना पड़ता है।"

"भरतनाट्यम् ! कब से सीख रही है ? कौन सिखा रहा है ? किससे पूछकर सीख रही है ?" मां तो एकदम बरस पड़ीं।

"परेशानी की बात नहीं है मां ! पद्मनाभ की बहन दो-तीन महीने के लिए आई हुई हैं, तो दीदी अपना पुराना शौक पूरा कर रही हैं। वहां कोई फीस थोड़े ही देनी पड़ती है।" मैंने समझाने का प्रयास किया तो उसका उलटा ही असर हुआ। वे और भी नाराज़ हो गईं।

"फीस न देनी पड़े तो मां से पूछने की ज़रूरत नहीं है ? ठीक है न, पैसे कमाने की मशीन तो हूं मैं; मुझसे और कोई रिश्ता थोड़े ही है तुम लोगों का... और ये सज्जन ! घर में बैठे-बैठे इतना भी नहीं देख सकते, लड़की कहां जा रही है, क्यों जा रही है। भरतनाट्यम् सीखेंगी...।"

और मां उसके बाद जो शुरू हुईं तो घंटे भर तक बंद ही नहीं हुई। यह करीब-करीब हर छुट्टी का एक कार्यक्रम-सा हो गया है। कोई-न-कोई बात ऐसी हो जाती है कि मां को बरसने का मौका मिल जाता है। भाई उस बमबारी से बचते रहते हैं। पापा अनसुनी करके अपने धैर्य की बाज़ी या पुस्तक में खो जाते हैं। लड़कियां बेचारी कहां जाएं, चुपचाप सुबकते हुए घर का काम करती रहती हैं या पढ़ाई की मेज़ पर सिर डाल कर आंसू बहा लेती हैं।

अगर मां पहलेवाली मां होती तो मैं उनके गले में दोनों बांहें डालकर कहती, 'इतना नाराज़ क्यों होती हैं मां ! दीदी को अब यहां रहना ही कितने दिन है। उन्हें थोड़ी मनमानी कर लेने दो ना, फिर तो चारदीवारी में बंद होना ही है।'

पर मां आजकल इतनी अजनबी-सी लगती हैं। उनसे तो बल्कि पापा ज़्यादा अपने लगते हैं।

खास कर उस दिन तो पापा बहुत ही अपने लगे थे, जिस दिन मां पहली बार नौकरी पर गई थीं।

सुबह स्कूल के लिए चलते समय मां ने सारी बातें ठीक से समझा दी थीं, 'चाभी सामनेवाली कपूर आंटी के यहां मिलेगी, खाना अलमारी में ढका मिलेगा, स्टोव कोई नहीं जलाएगा। रेखा खाना लगाएगी, शिखा प्लेटें उठाएगी, विनय सबके यूनीफॉर्म्स तहा कर रखेगा।"

छोटी-छोटी हिदायतें थीं पर हमारे छोटे-से मस्तिष्क पर जैसे बोझ बन

गई थीं। स्कूल से लौटते हुए पैर मन-मन भर के हो रहे थे। सबसे बड़े भाई कुल जमा नौ साल के थे, पर एक अनाम जिम्मेदारी की कल्पना ने उन्हें भी गंभीर बना दिया था।

"तुम लोग भीतर चलो, मैं चाभी लेकर आता हूं," घर के पास आते ही उन्होंने कहा। बगिया का छोटा-सा लकड़ी का फाटक ठेलकर भारी मन से हमने भीतर प्रवेश किया। बुझे-बुझे मन से दरवाज़े को देखा तो खुशी के मारे मेरी चीख निकल गई—सामने पापा मुसकराते हुए खड़े थे।

फिर तो सारा काम पलक झपकते हो गया। पापा ने स्टोव जला कर खाना गरम किया, मैंने प्लेटें लगाईं, दीदी ने खाना परोसा, भाई गिलासों में पानी भरकर लाए। खाना गरम करने के बाद पापा ने अपने लिए चाय बना ली और हम लोगों के साथ बैठकर पीते रहे। सूने घर में लौटने की कल्पना जो दिन भर मन पर बोझ बनी हुई थी, एकदम छू-मंतर हो गई।

शाम को थकी-हारी मां लौटीं, घर से बाहर पहला दिन उन्हें भी भारी लगा था। हम लोगों के लिए ढेर-सी टॉफी ले आई थीं वे। उन्हें ज़बर्दस्ती हमारी जेबों में ठूंस कर, हमें अपने से चिपटाकर दिन भर के हालचाल पूछती रहीं। खुशी के आवेग में दीदी ने पापा की भी बात कह दी। छुपाने लायक उसमें कुछ था ही नहीं।

मां के चेहरे की मुसकराहट एकदम गायब हो गई। चेहरा एकदम तन गया। हम लोग सहम कर उनसे दूर हो गए। डर भी लगा। लेकिन शाम को खेलने चले गए तो सब कुछ भूल चुके थे।

काश, मां भी सब कुछ भूल जातीं ! पर वे सारा काम करते हुए दरवाज़े की ओर कान लगाए रहीं, तनी हुई मुद्रा में पापा की प्रतीक्षा करती रहीं।

"आप दोपहर में घर आए थे।" आते ही मां ने जवाब तलब किया।

"हां !"

"क्यों ?"

"क्यों ? अपने घर आना कोई गुनाह है क्या ?"

"लेकिन मुझे तो आप गुनहगार बना रहे हैं ?"

"तुमसे कुछ कहा है मैंने ?"

"कहा तो नहीं, पर इतनी दूर से घर आने का अहसान क्यों ?"

"मैंने किसीपर कोई अहसान नहीं किया, अपने बच्चों के लिए आया था; रोज आऊंगा," पापा ने कुछ दृढ़ स्वर में कहा और मुंह-हाथ धोने निकल गए।

"बच्चे-बच्चे-बच्चे !" मां जैसे पागल हुई जा रही थीं, "जब देखो, बच्चों की बात उठाएंगे। क्या मुझे कोई ममता नहीं है, चिंता नहीं है ? और बच्चे क्या इन्हीं के अनोखे हुए हैं ? आज शहर की नब्बे प्रतिशत औरतें नौकरी करती हैं। गोद के बच्चों तक को छोड़कर जाती हैं। उनके यहां कोई तूफान नहीं होता। मेरे बच्चे तो फिर भी बड़े हैं पर इन्हें आत्मनिर्भर होने का मौका तो दे कोई। अगर लोग-बाग इसी तरह दुश्मनी निकालते रहे तो ये बौने के बौने रह जाएंगे।"

मां पता नहीं कितनी देर तक बड़बड़ाती रहीं। पापा बाथरूम से निकलकर कमरे में चले गए और हम तीनों रज़ाई में दुबककर खाने के बुलावे की प्रतीक्षा करते रहे।

यह पहला मौका तो नहीं था। पर हर बार मुंह का स्वाद उतना ही कसैला हो जाता था।

कितने दिनों से घर में यही नाटक चल रहा था।

विनोद कंस्ट्रक्शंस में पापा की अच्छी-भली नौकरी थी। गुज़ारे लायक मिल ही जाता था। पर मां को संतोष नहीं था। सोचती थीं, कंपनीवाले पापा की प्रतिभा का फ़ायदा तो उठा रहे हैं, पर ठीक से मुआवज़ा नहीं दे रहे। मां की ज़िद के कारण पापा को आख़िर नौकरी छोड़नी पड़ी। अब दो साल से पापा सदर में दफ्तर खोलकर बैठे हुए हैं। पापा के पास प्रतिभा थी, अनुभव था, हिसाब-किताब की क्षमता थी। पर प्राइवेट बिजनिस में इतने से नहीं चलता। चार लोगों से मेल-मुलाकात चाहिए, गट्स चाहिए, डेअरिंग चाहिए और चाहिए पूंजी; कम-से-कम इतनी पूंजी तो हो कि घाटा उठाने की हिम्मत बंधे।

पापा यहीं मात खा गए थे। और घर में असंतोष की पहली चिनगारी

तभी फूटी थी।

तब तो यह सब जानने की उम्र नहीं थी। तब तो यही समझी थी कि पापा की नौकरी चली गई है। इसीलिए मां को नौकरी करनी पड़ रही है। पास-पड़ोस में भी यही सुन पड़ता था।

दूसरे दिन भी पापा ने ही दरवाज़ा खोला था। पर पहले दिन की खुशी आज आधी रह गई थी। भाई ने धीरे से कहा भी, "पापा, अब तो हम लोग बड़े हो गए हैं। अपने-आप खा लेंगे। आप इतनी दूर मत आया कीजिए।"

"न बेटे, स्कूल से लौटकर अपने-आप खाना खाने में कितना दुःख होता है, इसे मैं बहुत अच्छी तरह जानता हूं। मेरी तो खैर मजबूरी थी। पिता का साया सिर पर नहीं था। पर तुम्हें यह दुःख क्यों दूं ?"

बचपन की बात करते-करते पापा का स्वर अकसर भीग जाया करता था। बहुत कम जानते थे हम। बस यदाकदा मूड आता तो कुछ बता देते थे। उन कभी-कभार सुनी हुई बातों से मन में एक खाका बना लिया था हम लोगों ने। उसमें पापा थे, एक बुआ थीं और दादी मां थीं। पापा के बाबूजी तो उन्हें दो साल का छोड़कर ही चल बसे थे। दोनों बच्चों को लेकर दादी मां अपने भाई के पास चली गई थीं। वहीं उन्होंने आठवीं की परीक्षा दी, ट्रेनिंग ली और फिर दोनों बच्चों को लेकर नौकरी के लिए निकल पड़ी थीं।

दादी मां को मैंने नहीं देखा। भाई के जन्म के कुछ दिन बाद ही चली गई थीं। बुआ तो शायद बहुत पहले, बचपन में ही चल बसी थीं। पापा के स्नेहहीन बचपन की एकमात्र साथी थीं उनकी जिज्जी। कैसा लगा होगा उनकी मृत्यु पर ! पापा बहुत कम बोलते अपनी जिज्जी के विषय में। शायद उन्हें उतना कुछ याद भी न रहा हो।

बहुत वर्षों बाद पापा ने अपनी बहन की करुण अंतकथा मुझे, सिर्फ मुझे सुनाई थी।

सोलह-सत्रह वर्ष की कच्ची उम्र में जिज्जी से कोई अक्षम्य अपराध हो गया था। पापा हाईस्कूल के विद्यार्थी थे उन दिनों। बहन के अपराध की गंभीरता

को समझने की उम्र भी नहीं थी। फिर भी रोष से सुलग उठे थे वे। उसी आवेश में मां की बताई हुई दवा शहर से तुरंत ही ले आए थे। बहुत तेज़ दवा थी। बुआ तीन दिन मछली की तरह छटपटाती रही थीं। वे दादी के साथ निर्विकार भाव से उन्हें मौत के मुंह में जाते हुए देखते रहे—बदनामी के भय से डॉक्टर तक को बुलाया नहीं।

अपनी उन्हीं अपराधिन बहन को अग्नि देते समय उनका किशोर मन कांप-कांप गया। सारे आरोप-प्रत्यारोप तो मृत्यु के साथ ही बिला गए थे। बच रहा था एक भयानक अहसास, एक अपराधबोध कि जिज्जी अपनी मौत नहीं मरीं। उनकी हत्या की गई है और उस हत्याकांड में उनका भी बराबर का हिस्सा है।

बहन की यह कलंक-गाथा पापा ने मां को भी कभी नहीं सुनाई। मुझसे ही कैसे कह गए, आश्चर्य होता है।

उन दिनों मैं अपना एक पैर तुड़वाकर बिस्तर में कैद हो गई थी। मां ने पंद्रह-बीस दिन की छुट्टी ले ली थी। फिर कभी महरी के, कभी पड़ोसवाली आंटी के भरोसे मुझे छोड़कर काम पर जाने लगी थीं। ज्यादा छुट्टी लेना संभव भी नहीं था।

खिड़की के पास लगे बिस्तर पर बैठकर मैं हसरत से सड़क का नज़ारा देखा करती। कैलेंडर को देखकर प्लास्टर खुलने का दिन गिना करती। तब पापा अवतीर्ण हुए थे दोस्त बनकर, मित्र बनकर। अपने साथ वे ढेर-की-ढेर पत्रिकाएं ले आते। उनमें फिल्मी भी होतीं, बच्चोंवाली भी। कहते, इससे मन हल्का रहता है।

पढ़-पढ़कर बोर हो जाती मैं, तो वे मेरे साथ बैठकर रमी, लुडो या सांप-सीढ़ी भी खेलते। शतरंज मैंने उन्हीं दिनों सीखा। खेलते-खेलते हम लोग ऊब जाते तो वे कॉफी या बोर्नविटा बना लाते। फिर हम दोनों आमने-सामने बैठकर सिर्फ बातें करते। पापा तब अपने बचपन की बातें करते—बचपन, जिसे उन्होंने मखमली डिबिया में बंद करके मन के तहखाने में डाल दिया था।

ऐसे ही भावुक क्षणों में उन्होंने बुआजी की यह कहानी मुझे सुनाई थी और कहा था, "जानती हो बेटे, इसीलिए तुम लोगों को पल भर भी अकेले

छोड़ने का मेरा मन नहीं होता। दुनिया में सभी लोग तो सज्जन नहीं हैं। और तुम लोग अभी कितनी नासमझ हो। पर तुम्हारी मां को यह सब समझाना कितना कठिन है !"

पापा तो यह कहकर चुप हो गए थे, पर मैं उनका मतलब समझ गई। उन दिनों मां ने जैसे हमें सब विषयों में पारंगत करने की क़सम खा ली थी। सितार, कथक, स्विमिंग, बैडमिंटन—कोई विषय नहीं छूटा था। क्लास में भी रिज़ल्ट अच्छा रखना पड़ता था। अंग्रेज़ी और गणित के लिए बराबर ट्यूशन लगी हुई थी। इतना सब करते-करते हम लोग हांफ जाते, तो कहतीं, "हमें शौक था तो हमें मौका नहीं मिला। दूसरों को देखकर तरसकर रह जाते थे। तुम लोगों को सुविधाएं मिल रही हैं तो नखरे आ रहे हैं।"

सात-आठ भाई-बहनों का लंबा-चौड़ा परिवार था उनका। उस मध्यवर्गीय परिवेश में संभव ही नहीं था कि सारी इच्छाएं, सारे शौक पूरे होते। समय से शादी हो गई, यही बहुत था। बचपन की सारी अतृप्त इच्छाएं मां के मन में एक चिरंतन आक्रोश भर गई थीं। अपने वर्तमान से वे कभी खुश नहीं रहीं। सुनहले भविष्य के लिए उनका असीम आग्रह पारिवारिक जीवन को नरक बनाने पर तुला हुआ था।

उन दिनों पापा मेरी बीमारी के कारण दिन-दिन भर घर में बैठे रहते। इसी बात को लेकर अकसर दोनों में झड़प हो जाती। एक दिन तो हद हो गई। दफ्तर से लौटते ही मां सीधे मेरे कमरे में चली आईं। मुझसे हाल-चाल भी न पूछा, एकदम तिक्त स्वर में पापा पर बरस पड़ीं, "इसका बहाना लेकर आप कब तक घर में बैठे रहेंगे ? मैं यहां-वहां से क्लाइंट्स जुटाकर भेजती हूं तो आपके दफ्तर में ताला पड़ा मिलता है। लापरवाही की भी हद होती है। क्रम से चार घंटे तो वहां बैठा कीजिए। बेकार में हर महीने इतना किराया जा रहा है।"

पापा ने उस समय तो कोई उत्तर नहीं दिया। अच्छा ही हुआ। मेरी दो सहेलियां तबीयत देखने आई हुई थीं, उनके सामने तमाशा नहीं हुआ। पर दूसरे ही दिन उन्होंने ऑफिस हमेशा के लिए छोड़ दिया। सारा सामान घर ले आए। बरामदे में एक पार्टीशन लगवा कर बोर्ड टांग दिया। मां सिर

पटककर रह गई। सच ही था, उतने किराये में उतनी मौके की जगह दोबारा मिलना असंभव था।

पर पापा टस-से-मस नहीं हुए।

मां के लिए भुनभुनाते रहने का जैसे एक स्थायी कारण जुट गया।

रोज़ की चख़चख़ से हम लोगों में तो इतनी दहशत भर गई कि संगी-साथियों को घर पर बुलाना ही छोड़ दिया।

भाई उस साल पहली बार फेल हुए थे।

संगीत की स्वरलहरियां मुझे हौले से आकर जगा गईं। कहीं से 'सुप्रभातम्' आ रहा था। रज़ाई से सिर निकालकर देखा, बाहर घुप्प अंधेरा था। प्रभात अभी कोसों दूर था।

अपनी उनींदी आंखों को थोड़ा और कष्ट दिया, तब देखा; दीदी अपने टू-इन-वन को हृदय से लगाए निस्पंद पड़ी हैं। ध्यान से सुनने पर गीत भी समझ में आ गया। विनयपत्रिका की शिव-स्तुति थी, कर्नाटक शैली में गाई जा रही थी—कंबु-कुंदेंदु-कर्पूर-गौरं शिवं...

संगीत मुझे भी अच्छा लगता है पर समय-समय से। यह थोड़े ही कि आधी रात से उठकर शुरू हो गए। मैंने हाथ बढ़ाकर टेप बंद कर दिया तो दीदी की तंद्रा टूटी। "दुष्ट," उन्होंने हाथ में चिकोटी भरते हुए कहा।

"सोने दो यार, क्या आधी रात से रागमाला लेकर बैठ गई," मैंने कहा।

"आधी रात नहीं है, चार बज रहे हैं। ज़रा ध्यान से सुन तो। खास तुझे सुनवाने के लिए टेप कर लाई हूं।" मजबूरन सुनना ही पड़ा।

"नया सेट किया है ?"

"हां।"

"फिर किसी प्रोग्राम का चक्कर तो नहीं है ? कार्तिकजी मना कर गए हैं।"

"प्रोग्राम के लिए मना किया है, सीखने पर कोई बंदिश तो नहीं है न !"

"लेकिन व्यर्थ में करने से लाभ क्या है दीदी, नृत्य चारदीवारी में बंद रखने की विद्या तो है नहीं।"

"चारदीवारी में बंद रहने की अभी कसम तो नहीं ली है मैंने," दीदी ने तैश में कहा और फिर एकदम भावुक होकर बोलीं, "उसके सीखने में भी एक आनंद है शिखि ! इतना ग्रेस है इस नृत्य में ! सच, रेणु दीदी को नाचते हुए देखती हूं तो अपना इतने सालों का सीखा कथक व्यर्थ लगने लगता है।"

दीदी एक नि:श्वास लेकर कैसेट से खिलवाड़ करती रहीं और फिर वही गीत बज उठा जो अभी रजत जयंती समारोह में बहुत सराहा गया था—स्याम सो हमारी राम-राम कहियो...

दीदी की भावाभिव्यक्ति उस समय देखते ही बनती थी। थोड़ा-सा दक्षिण भारतीय पुट लिए पद्मनाभ का मखमली स्वर और भैरवी की भावप्रवण स्वरावलि। सच, आंसू निकल आए थे मेरे तो।

दीदी की मुंदी पलकों पर इस समय भी कुछ बूंदें चमक रही थीं। शायद वे लौट गई थीं अपनी 'विरहिणी राधा' की भूमिका में। गीत समाप्त होने के बाद भी उनकी तंद्रा टूटी नहीं। मैंने ही बटन ऑफ किया।

"ही इज़ एन एंजल, रियली !" उन्होंने जैसे अपने-आपसे कहा।

"कौन ?"

"यही, पद्मनाभ ! कभी-कभी मुझे लगता है शिखि कि कोई शापग्रस्त गंधर्व ही मेरे लिए इस पृथ्वी पर आ गया है।"

"वह भी शायद यही सोचता हो !"

"क्या ?"

"यही कि कोई शापग्रस्त अप्सरा उसके सुरों पर थिरकने के लिए धरती पर उतर आई है।"

"सच, तू भी यह सोचती है ? उस दिन पद्मनाभ भी यही बात कह रहा था।"

"दीदी !"

"हूं ?"

"कहीं तुम इमोशनली इन्वाल्व तो नहीं हो ?"

"पता नहीं शिखा, पर मैं इतना जानती हूं कि यह व्यक्ति मेरे हर कदम पर फूल की तरह बिछ जाना चाहता है; और एक तुम्हारे कार्तिक हैं—तुम्हें नहीं लगता शिखा कि मां अपनी झूठी प्रतिष्ठा के लिए मेरी बलि दे रही हैं ?"

"मां की बात छोड़ो दीदी, तुम अपने मन का तो पता करो। तुमसे बिना पूछे तो कुछ हुआ नहीं है।"

"यही तो...कभी-कभी अपना ही मन कैसी अबूझ पहेली बन जाता है। सगाई से पहले मैं जानती ही नहीं थी कि मेरे जीवन का केंद्र-बिंदु क्या है !"

धक् से रह गई मैं। यह क्या कह रही हैं दीदी ! कहीं मां ने सुन लिया—और मेरी आंखों के सामने मां का उस दिन का तांडव घूम गया।

दीदी को चाहे अपने मन की बात बहुत बाद में पता चली हो पर लगता है, मां ने उनका मन बहुत पहले पढ़ लिया था। तभी तो वे इतनी व्यग्र हो उठी थीं, नहीं तो हम लोगों के कहीं आने-जाने को लेकर उन्होंने कभी टीका-टिप्पणी नहीं की। उनका अपना बचपन बहुत-सी बंदिशों में बीता था। अपने उसी कुंठाग्रस्त बचपन का प्रतिशोध मानो इस तरह लेती थीं वे।

पर दीदी की सगाई के साथ उनके मन में छुपी बैठी परंपरावादी मां बाहर आ गई थीं। अब तो वे अकसर दीदी को डांट देती हैं या बुज़ुर्गों की-सी अदा में समझाने लगती हैं। दोनों ही बातें विचित्र-सी लगती हैं।

"एक बात कहूं, दीदी ?"

"कहो !"

"पद्मनाभ इज़ नो मैच फ़ॉर कार्तिक ! उन दोनों की कोई तुलना नहीं है।"

"तुलना कर भी कौन रहा है। यह तो अपनी-अपनी पसंद है।"

"फिर भी एक बात कहूंगी। पद्मनाभ पति के रूप में तुम्हें कभी खुश नहीं रख पाएगा।"

"क्यों ? वह बहुत अमीर नहीं है इसलिए ?"

"नहीं ! यह प्रश्न यहां बहुत गौण है।"

"तुम्हारे स्नेहदान से, तुम्हारे रूप की गरिमा से वह इतना अभिभूत हो जाएगा कि कभी तुमपर अपना अधिकार नहीं जमा पाएगा। बहुत प्यारा लड़का है पद्मनाभ, पर देखना, उसके इस बिना शर्त समर्पण से तुम बहुत जल्दी ऊब जाओगी, खीज उठोगी।"

"लगता है, काफी रिसर्च कर रखी है इस विषय पर !"

"रिसर्च करने जैसा क्या है इसमें ? अपने आसपास आंखें खोलकर देख लो, समझ जाओगी।"

"अच्छा तो शिखाजी, लगे हाथ यह भी बता दीजिए कि आदर्श पति की परिभाषा क्या है ?" दीदी ने चिकोटी ली तो मैं रट्टू तोते की तरह शुरू हो गई, "आदर्श पति वह है जो अपनी पत्नी से हाथ भर ऊंचा हो और उसे सदा अपनी नाक के नीचे रखे। प्यार में हो या तकरार में, उसका पलड़ा सदा भारी रहे। अपने समर्थ कंधों पर वह पत्नी की सुरक्षा का, सुख-सुविधा का, भरण-पोषण का भार उठा सके। जो..."

"बस-बस, बस...समझ गई ! तुम्हारा यह आदर्श पति ठीक कार्तिक का हमशक्ल है। और तुम दोनों एकदम सोलहवीं सदी से चले आ रहे हो।"

'तुम दोनों,' दीदी ने अनजाने ही कह दिया था पर मन में जैसे जलतरंग बज उठा। कल्पना में अपने को कार्तिक की बगल में खड़ा करके देखा, और दूसरे ही क्षण सारा संगीत थम गया, दीपावलियां बुझ गईं। दीदी के सामने अपनी ढेरों विसंगतियां याद आने लगीं। और हल्का-सा मोच खाता अपना दाहिना पांव भी।

लोग यों ही कहते हैं कि पितृमुखी कन्या भाग्यवान होती है। क्या इसीको भाग्य कहते हैं कि आदमी सपने देखते हुए भी सहम जाए।

कॉलेज से लौटी तो देखा, घर में खूब हंगामा मचा हुआ था। मां दफ्तर से असमय लौट आई थीं और भाई और दीदी के साथ जमकर बहस हो रही थी। सभी चीख-चीखकर अपना पक्ष प्रस्तुत कर रहे थे। कुछ देर तक

शांति से सुनती रही, तब जाकर उस हड़बोंग का सिरपैर समझ में आया। दीदी के मौसेरे जेठ मॉस्को से आए हुए थे। उनके साथ उनकी रूसी पत्नी भी थीं। दोनों दीदी को देखने को उत्सुक थे, शाम को सब लोग आ रहे थे।

दीदी गुस्से में बड़बड़ा रही थीं, "मेरा अच्छा-खासा तमाशा बना रखा है इन लोगों ने। हर तीसरे दिन कोई चला आ रहा है। खानदान न हुआ, मुगलिया सल्तनत हो गई।"

"तुझे करना क्या होता है," मां बोलीं, "तैयार होकर सामने बैठना भर होता है। जरा मेरी तो सोच, चार चीज़ें लानी हों तो बाज़ार मुझे ही जाना है। घर ठीक करूंगी तो मैं ही। तेरे पापा ढंग के कपड़े पहनकर बाहर बैठ भी जाएं तो गनीमत है। औरों का तो सवाल ही नहीं उठता।"

"प्लीज़ मम्मी," भाई एकदम गरजे, "बेकार में झूठ न बोलिए। जब भी मौका पड़ा है, मैं ही कुलियों की तरह सामान ढोता फिरा हूं। आज भी जो बता देंगी, करूंगा; पर मैं पूछता हूं, हर बार इतना शाही सरंजाम क्या ज़रूरी है ?"

"तेरी जेब से तो नहीं जा रहा न कुछ ?"

"मेरी जेब इस लायक़ कभी नहीं बनेगी, मुझे मालूम है। फिर भी पूछने का हक़ तो है। बहुत ऊंची उड़ान भरी है मां आपने। निभाते-निभाते दम फूल जाएगा।"

"तो मंशा क्या है तेरी ? उसे भी किसी भट्ठी में फेंक दूं ? ज़िन्दगी भर जलती रहेगी मेरी तरह।"

"मां, कुछ करना हो तो बता दो जल्दी से। ये बातें बाद में भी होती रहेंगी," मैंने तिक्त-स्वर में कहा, तब जाकर यह महाभारत थमा।

फिर वही हाय-तोबा शुरू हो गई—सोफ़े के कवर्स बदले जा रहे हैं, दीवान की जगह बदली जा रही है, नये पर्दे लग रहे हैं, क्रॉकरी चमकाई जा रही है, नाश्ते का सामान बनाया जा रहा है। और भाई बेचारे बाज़ार के चक्कर लगाकर बेहाल हुए जा रहे थे। मां को पल-पल में कुछ-न-कुछ याद आ रहा था।

"कभी-कभी मुझे लगता है," भाई बोले, "ये लोग किसी-न-किसी बहाने या तो जासूसी करने आते हैं या हमारी परिस्थिति का मज़ाक बनाने।"

भाई ठीक ही कह रहे थे। पिछली बार दीदी की फुफेरी सास को लेकर उनकी ननद आई थी तो देर तक कप-प्लेटों को उलट-पुलट कर देखती रही। मां ने दूसरे दिन ही नया सेट मंगवा लिया। एक बार दीदी के श्वसुर अपने किसी मित्र के साथ आए थे। दीदी की 'शकुंतला की विदाई' वाली बड़ी-सी फोटो ड्राइंगरूम में लगी थी। इतनी पुरानी फोटो थी, दीदी के हाईस्कूल के जमाने की। पर उसे भी वहां से हटाने के निर्देश मिल गए थे। एक बार बिना किसी सूचना के आ धमके थे ये लोग। दीदी उस समय छत पर बाल सुखाती हुई पड़ोस की कांति दीदी से बतिया रही थीं। उस पर भी आक्षेप उठाया गया।

समझ में ही नहीं आता था कि ये लोग आधुनिक हैं या पुरातनपंथी। अगर पुरातनपंथी हैं तो रोज़-रोज़ समधियाने में आने की क्या तुक थी?

मां इस समय भी बहुत परेशान थीं। दफ्तर में फ़ोन करके उन्हें इन मेहमानों की सूचना दी गई थी। तब मां पापा को लेकर बाक़ायदे निमंत्रण देने गई थीं। वहां दीदी की सास ने उन्हें कई बार, कई तरीक़ों से बताया था कि नवीन और नताशा शादी में नहीं रहेंगे। और मां पसोपेश में थीं कि उन्हें शादी का नेग अभी ही दे दिया जाए या...

"हटाओ भी मां, वह कोई खूसट हिंदुस्तानी बुढ़िया है जो नेग-वेग की बात समझेगी। इतना ज़ोरदार स्वागत कर रहे हैं हम लोग। इससे ज़्यादा की तो उन्हें आशा भी न होगी।"

"पर वह खूसट बुढ़िया साथ में रहेगी न!" और मां ने हमारे मना करने पर भी 51 रुपये के दो लिफ़ाफ़े तैयार कर लिए थे। महीने की बाईस तारीख़ को इतनी रक़म भी भारी पड़ गई थी। सारा बजट गड़बड़ाया जा रहा था, पर मजबूरी थी।

हमारी आपा-धापी से बेख़बर दीदी चुपचाप तैयार होती रहीं। उन्होंने लाल और काले फूलोंवाला सलवार-सूट पहन लिया था। हलका-सा मेकअप करके एक ढीली चोटी डाल ली थी। वे बहुत उदास लग रही

थीं। उदास और सुंदर।

"साड़ी-वाड़ी पहनो," मां ने देखा तो डांट दिया।

"हम अपने घर में बैठे हैं, जैसे हैं, ठीक हैं," दीदी ने मुंह फुला कर कहा।

"कहीं वह महारानी हुईं साथ में तो..."

"होंगीं तो आंख बंद कर लेंगी। अब हमारा दिमाग मत खाइए। नहीं तो हम सीधे मैक्सी पहनकर बैठ जाएंगे, हां !" दीदी ने दो टूक फ़ैसला सुना दिया तो मां चुप हो गईं।

मुझे लगा, दीदी विद्रोहिणी बनती जा रही हैं, मां ने ज्यादा तंग किया तो मुंह उठाकर कह देंगी—'मारो गोली शादी को, हमसे यह गुलामी नहीं होगी।'

मां भी इस बात को समझती हैं शायद। तभी न चुप हो गईं।

"हेलो गर्ल्स, एम आइ ऑल राइट ?" पापा ठीक साढ़े चार बजे तैयार होकर बाहर आ गए। कभी-कभी ही सूट पहनते हैं पापा, पर बड़े स्मार्ट लगते हैं तब।

"भाई, आप भी तैयार हो जाइए न," मैंने कहा।

"हम ऐसे ही ठीक हैं," भाई ने कुरते की बांह से माथे का पसीना पोंछते हुए कहा, "हमें तो बैरागीरी करनी है। साहब बहादुर को हमसे बात तो करनी नहीं है। बेकार कपड़ों की क्रीज़ ख़राब करें ?"

"अपनी योग्यता बढ़ाओगे नहीं और फिर इसी तरह इन्फ़ीरियारिटी कॉम्प्लैक्स में सड़ते रहोगे।"

"प्लीज़ मां !" मैंने कहा तो मां चुप हो गई, पर उतनी देर में भाई का चेहरा कितने ही रंग बदल चुका था।

ठीक पांच बजे कार्तिक की गाड़ी दरवाजे पर थी।

मैं कमरे में तैयार हो रही थी। उत्सुकतावश खिड़की से झांककर देखा तो वे अकेले ही थे। एडवांस गार्ड बनकर आए होंगे शायद। यहां की व्यवस्था ठीक-ठाक करने के लिए।

जल्दी से चेहरे पर पाउडर का एक हाथ फेरकर मैं किचन में आ गई। सब

कुछ एकदम तैयार था, बस मेहमानों के आने भर की देर थी।

तभी सुना, वे पापा से कह रहे हैं, "नवीन भैया से मिलने बहुत सारे लोग आ गए थे घर पर। माताजी बोलीं, रेखा को यहीं ले आओ।"

परम पूजनीया माताजी के एक आदेश से दिन भर की दौड़-धूप व्यर्थ हो गई थी। सौ-पचास रुपयों का भुर्ता बन गया था। अपमान—घोर अपमान से सुलग उठी मैं।

भाई की ओर देखा तो उनका चेहरा भी तमतमा आया था। "मैं जाऊं, मां ?" दीदी जब पूछने के लिए आईं तो वे एकदम फट पड़े, "जाओ, और यह सब कबाड़ भी साथ लेती जाओ, बुढ़िया के सिर पर पटक मारना।" बड़ी मुश्किल से मां ने उनके मुंह पर हाथ देकर उन्हें चुप कराया।

दीदी, मां के साथ बाहर के कमरे में गई और दूसरे ही क्षण लौट आई।

"अब क्या हुआ ?" मैंने पूछा।

"होना क्या था, मैंने तो पहले ही कहा था कि साड़ी पहन लो। अच्छा नहीं लगता। पर यहां तो सब अपनी मर्ज़ी के मालिक हैं ना !" मां बुदबुदाईं।

उस समय मां को बुरी तरह घुड़क देनेवाली दीदी अब चुपचाप कपड़े बदलने चली गई थीं।

"ज़रा उनके पास बैठ तो बाहर। तेरे पापा तो उठकर चले गए हैं।"

ठीक तो था, पापा नहीं सह पाए होंगे यह अपमान। कोई भी नहीं सहेगा।

मेरे जाते ही वे उठने को हुए और एकदम संभल गए, "मैं समझा, रेखा है।"

"दीदी तैयार हो रही हैं," मैंने सपाट स्वर में कहा।

वे चुपचाप कुर्सी पर आसन बदलते रहे, अधीरता से कभी दीवार-घड़ी को और कभी कलाई-घड़ी को देखते रहे। "शी टेक्स लॉट ऑफ़ टाइम," वे बुदबुदाए।

"दीदी तो समय से तैयार हो गई थीं, देर तो आपकी ज़िद के कारण हो

रही है," मैंने उद्धत स्वर में कहा।

"पहली बार ही समझदारी बरत लेतीं तो दूसरी बार कष्ट नहीं उठाना पड़ता।"

"क्यों ? नासमझी की कौन-सी बात हुई है ? सलवार-सूट कोई गैरवाजिब ड्रेस है क्या ? जानते हैं, पंजाब में दुलहन फेरे तक इसी पोशाक में लेती हैं।"

"मैं पंजाबी नहीं हूं," उन्होंने दृढ़ता से कहा।

"और आपकी ये मॉस्कोवाली भाभी ? वे तो शायद इतने भी कपड़े न पहनती होंगी !"

"मैं रूसी भी नहीं हूं," उन्होंने सख्त लहजे में कहा, "मैं, मेरा परिवार ख़ालिस हिंदुस्तानी है। और रेखा उसी परिवार की बहू की हैसियत से वहां जा रही है।"

अच्छा हुआ, दीदी बाहर आ गईं और यह अप्रिय प्रसंग वहीं समाप्त हो गया। दीदी ने मां की एक कामदार बनारसी साड़ी पहन रखी थी। बालों में ढेर-सा तेल डाल कर कसकर जूड़ा बांध लिया था। हाथों में ढेर-सी चूड़ियां डाल ली थीं और गले में मोतियों की सतलड़ी।

"अब तो ठीक है ?" उन्होंने व्यंग्य से पूछा।

"अभी कहां दीदी ?" मैंने कहा और उठकर साड़ी के चौड़े बॉर्डर से सिर खूब आगे तक ढांक दिया, "अब ठीक है। पता तो चले कि खानदान की बहू चली आ रही है।"

मुझे आग्नेय दृष्टि से घूरते हुए चले गए कार्तिक, पर मुझपर कोई असर नहीं हुआ। पौरुषेय अधिकार और अहंकार का प्रतीक यह देवपुरुष मेरी दृष्टि में कई सीढ़ियां नीचे उतर आया था।

हो सकता था, मेरी उद्दंडता से यह शादी टूट भी जाती। पर उसका भी मुझे दुःख नहीं था। शायद किसीको भी न होता। मां को छोड़ कोई भी तो इस शादी से खुश नहीं है; यहां तक कि दीदी भी नहीं।

लेकिन...लेकिन फिर मिमियाती-सी उनके पीछे क्यों चली गई दीदी ?

"छोकरी, चल आ ! अपनी पार्टी उड़ जाए।" मैंने चौंककर देखा।

भाई ने पूरी सेंट्रल टेबल प्लेटों से भर ली है और सोफ़े पर पालथी मारकर बैठ गए हैं। बहुत अच्छे मूड में लग रहे थे जब कि मेरा अपना मूड एकदम ऑफ़ हो रहा था।

भाई का मन रखने के लिए मैं भी एक कुर्सी लेकर बैठ गई। सबसे पहले मैंने रसगुल्ला उठाया, मेरी फ़ेवरिट डिश थी। पर मुंह में रखते ही उसका स्वाद कड़आ हो गया। दिन भर की दौड़-धूप याद आते ही मेरा पारा फिर चढ़ने लगा।

"भाई !" मैंने तैश में कहा, "ये पीली कोठीवाले आख़िर हमें समझते क्या हैं ?"

"वे हमें संसार का सबसे निकृष्ट जीव समझते हैं।" भाई ने शांति से एक समोसा गपकते हुए कहा।

"अगर हम इतने ही निकृष्ट हैं तो हमारे यहां रिश्तेदारी करने की ज़रूरत ही क्या थी ?" मैं इस तरह ताव खा रही थी, जैसे सामने दीदी के ससुर ही बैठे हों।

"देखो शिखा, बात यह है कि छोटे घर की बहू लाने में बड़ी सुविधा रहती है।"

"सुविधा ?"

"हां ! एक तो सुंदर-सी बहू मिल जाती है, फिर वह और उसके घरवाले ज़िदगी भर दबे-दबे रहते हैं।"

"क्यों दबे रहेंगे ? कोई उनके घर का खा रहे हैं ? सच, दीदी पर इतना गुस्सा आ रहा था आज...एक बार तो अकड़ जातीं। उन्हें भी पता तो चलता कि हममें भी कुछ 'स्पार्क' है। गूंगी गाय की तरह चली गईं चुपचाप।"

"तू होती, तो तू भी चली जाती।"

"मैं ! माय फ़ुट ! आत्मसम्मान भी कोई चीज़ होती है, भाई !"

"होती क्यों नहीं ! पर उससे भी बड़ी एक चीज़ होती है, सुरक्षित भविष्य।"

"होती होगी, पर अपना सम्मान देकर कोई उसे ख़रीदता नहीं।"

"अभी छोटी है न तू, थोड़ी समझ आ जाएगी तो जान जाएगी कि किसी

भी क़ीमत पर ये सौदा महंगा नहीं है।'

किसी भी क़ीमत पर ? और दीदी कितनी बड़ी क़ीमत चुका रही है। सिर्फ़ आत्मसम्मान ही नहीं, उन्होंने तो अपना सब कुछ दांव पर लगा दिया है।

"भाई," मैंने कहा, "जानते हैं, दीदी ने एक दिन क्या कहा था ! कह रही थीं कि मां अपनी झूठी प्रतिष्ठा के लिए मेरी बलि दे रही हैं।"

"शिखा," भाई ने शांत भाव से केला छीलते हुए कहा, "तूने कभी किसी बलि पशु को इतने इत्मीनान से वेदी की ओर जाते देखा है ?"

अपनी पांचों बहनों में मां सबसे सुंदर थीं। अब भी उनके रूप की आभा वैसी ही है। परिस्थितियां या चढ़ती आयु उसे ज़रा भी धुंधला नहीं कर पाई हैं। लेकिन नानाजी इतने बड़े आदमी नहीं थे कि उनकी अपार रूप-संपदा के साथ न्याय कर पाते। अपनी समझ से उन्हें खाते-पीते घर के इकलौते, डिप्लोमाधारी बेटे से ब्याह कर वे संतुष्ट हो गए थे।

पिता की इस अक्षमता को मां कभी क्षमा नहीं कर पाईं। जब भी कभी प्रसंग छिड़ता, वे निश्शंक होकर अपना आक्रोश उगल देतीं, हम लोग सुनने वाले ही हत्प्रभ रह जाते।

इसलिए जैसे मां ने क़सम ले ली थी कि वे अपने बच्चों के साथ इस तरह का अन्याय नहीं होने देंगी। दीदी के लिए तो उन्होंने बरसों पहले से कहना शुरू कर दिया था कि देखना, इसके लिए ऐसा दूल्हा लाऊंगी कि सब देखते रह जाएंगे।

और भां ने अपना कहा सच करके दिखाया। पर इधर कुछ दिनों से उनका आत्मविश्वास डगमगाने लगा था। बाज़ार इतना ऊंचा चढ़ गया था कि एस्टिमेट बार-बार गड़बड़ा रहा था। फिर सगाई से शादी तक का फ़ासला बेवजह लंबा खिंचता चला जा रहा था। उसे निभाते हुए मां के छक्के छूट रहे थे। रस्मो-रिवाज निभाने में कितने रुपये फुंक गए थे, उसका तो कुछ हिसाब ही नहीं था। और फिर वहां से नित नये सुझाव, नये संकेत मिल रहे थे। लगता था, इससे तो अच्छा था,

हार्ड कैश तय हो जाता। एक मुश्त देकर छट्‌टी पा जाते।

पापा शुरू से इस संबंध के विरुद्ध थे, पर मां ने आदित्य मामा की सलाह से यह रिश्ता पक्का किया था। उन्हींकी बैंक में कार्तिक थे और मामाजी जानते थे कि लड़का होनहार है।

वैसे भी आदित्य मामा की बात इस घर में पत्थर की लकीर थी। गुणी आदमी थे, हर समस्या का समाधान उनके पास था। यों तो बहुत दूर-दराज़ के भाई थे मां के, पर एक ही शहर में होने से अपनापा बहुत था। फिर भी कभी-कभी लगता कि मां का उनके प्रति भक्तिभाव कुछ ज्यादा ही हो जाता है।

भाई तो बहुत चिढ़ते। पिकनिक का प्रोग्राम हो या सिनेमा का, मामाजी साथ हैं तो भाई घर पर ही रह जाएंगे। अगर मामाजी का परिवार खाने पर आ रहा है तो भाई दिन भर बाहर रहेंगे। अगर पढ़ते हुए कोई यह कह भर दे कि पत्रिका मामाजी के यहां से आई है तो ऐसे छोड़ देंगे, जैसे जलता हुआ अंगार हो। पिछले दिनों मां ने दो-चार बार दबी ज़ुबान से कहा था—'हायर सेकंडरी फ़र्स्ट क्लास है तुम्हारा। आदित्य कह रहे थे बैंक में छोटी-मोटी पोस्ट पर लगाए लेते हैं। फिर परीक्षाएं देते रहना।' भाई सुनते ही एकदम बिफर उठे थे—'फुटपाथ पर भीख मांग लूंगा मां, पर वहां नौकरी नहीं करूंगा।'

छोटी थी तो भाई का यह आचरण बड़ा अस्वाभाविक-सा लगता है। मामाजी के बंगले का, कार का, टी० बी० का तब ऐसा ही आकर्षण था। पर जब से होश संभाला है, तब से लगता है, मैं भी लड़का होती काश, तो भाई की तरह खुलकर कह सकती थी, 'आय हेट पापा, नॉट फॉर हिज़ पावर्टी, बट फॉर हिज़ पेशेंस।'

उन्हीं स्वनामधन्य आदित्य मामा का एकाएक ट्रांसफर हो गया था और मां परेशान हो रही थीं कि अब कैसे क्या होगा!

उस दिन मां शाम को दफ्तर से लौटकर चाय पी रही थीं। मैं और दीदी भी उनका साथ दे रहे थे। पापा उसी समय बाहर से लौटे। पापा का कहीं भी आना-जाना इतना चुपचाप होता था कि घर में कोई गहमा-गहमी

नहीं होती थी। मैंने ही आवाज देकर उन्हें चाय के लिए टेबल पर बुला लिया।

बायें हाथ से अपना कप उठाते हुए दायें हाथ से उन्होंने जेब से कुछ निकाला और मां के सामने रखते हुए बोले, "ये कुछ रुपये हैं, रेखा की शादी के लिए रख छोड़े थे। शिखा की करोगी तब भी कुछ देने की कोशिश करूंगा।"

मैंने नज़र उठाकर देखा, बैंक ड्राफ्ट था, पंद्रह हज़ार का, मां के नाम।

हम सभी स्तब्ध थे।

पापा, जो इतने बेचारे-से थे, छोटी-मोटी फ़रमाइशें लेकर भी जिनके पास जाते संकोच होता था, वे इतनी रक़म एकसाथ दे सकते हैं, उनका इतना बड़ा बैंक-बैलेंस होगा, यह कभी सोचा भी नहीं था।

सच तो यह है कि उनका इस प्रकार तटस्थ भाव से रुपये देना बड़ी अजीब-सी बात थी पर इसपर हमने ग़ौर ही नहीं किया। बचपन से ही जब भी कुछ करने की कल्पना की है, ज़ेहन में मां की तसवीर ही उभरी है। घर का माहौल ही ऐसा बन गया था। पापा का जो भी योगदान था, वह इतना मौन होता था कि कभी सतह पर आया ही नहीं। इस स्थिति को मां ने ही जन्म दिया था। सारी समस्याओं की सलीब कंध पर उठाकर वे अकेले ही घूमती रहीं।

उनकी बातचीत का लहज़ा तक 'मैं' से भरपूर हो गया था—'मैंने बच्चों का एडमीशन करवाया...मैंने ट्यूटर से बात की...मैंने व्हाइटवॉश कराया...मैं डिसटेंपर करवाऊंगी...मैंने अमुक लड़का रिजेक्ट किया...मैंने ये रिश्ता पक्का किया...' घर, परिवार, बच्चे—कोई भी विषय हो, पापा को साथ लेकर उन्होंने कभी सोचा ही नहीं।

शादी भी उन्होंने अपने बल-बूते पर तय की थी। पर उनका आत्मविश्वास डगमगाने लगा था। संकट की इस घड़ी में पापा उन्हें देवदूतसे लगे हों तो आश्चर्य नहीं। पंद्रह हजार कोई बड़ी रकम नहीं थी (आयोजन को देखते हुए) पर उसीके सहारे वे पापा को पा गई थीं। पहली बार उन्हें लगा कि 'हमारी बेटी की शादी है।

पूरे विवाह-समारोह में वे पापा पर इस तरह निर्भर रहीं कि देखकर अच्छा

लगा।

पहली बार लगा कि पापा बहैसियत पापा इस घर में हैं।

दीदी पता नहीं कैसी होती जा रही थीं। घर में इतनी-इतनी बातें हो रही हैं पर उन्हें जैसे किसी से कुछ सरोकार ही नहीं। उनकी ससुराल से रोज़ अजीब-अजीब प्रस्ताव चले आते हैं। सुनते ही हर कोई रोष से उबल पड़ता है, पर उनपर कोई असर नहीं होता। वे एक शहीदाना भाव चेहरे पर ओढ़े चुपचाप हमारी भाग-दौड़, हमारी परेशानियां देखती रहती हैं।

सबसे ज्यादा हैरत तो उस दिन हुई जिस दिन मकान की रजिस्ट्री हुई थी। यह घर, यह मकान हम लोगों के लिए सिर्फ ईंट-गारे की इमारत तो नहीं है। इससे हमारी जाने कितनी भावनाएं जुड़ी हुई हैं। यह दादी मां की एकमात्र निशानी है, उनके गाढ़े पसीने की कमाई है। कठिन-से-कठिन समय में भी पापा ने इसे हाथ नहीं लगाया था, पर दीदी की शादी में यह भी हो गया। उसे बैंक के पास रेहन रखने का सुझाव आदित्य मामा ने ही दिया था। सुनते ही मेरे कलेजे पर तो सांप लोट गया था। रजिस्ट्री पेपर्स पर हस्ताक्षर करते हुए पापा की आंखें छलछला आई थीं।

पर दीदी के चेहरे पर विषाद की एक रेखा भी नहीं उभरी, वे जड़वत् बैठी रहीं, जैसे यह सारी उठा-पटक किसी और के लिए हो रही हो।

दिनोंदिन एक अबूझ पहेली बनती जा रही हैं वह।

अभी पिछले मंगलवार की बात है। मैं बड़े मनोयोग से 'स्काईलार्क' का अप्रीशिएशन लिख रही थी। दूसरे दिन ट्यूटोरियल था। हमेशा अच्छे-से-अच्छा लेने का मेरा नियम था। आज भी मैं अपनी सारी प्रतिभा उड़ेलकर लेख को अधिक-से-अधिक जीवंत बनाने का प्रयास कर रहीं थी, पर दीदी के कारण सब गड़बड़ हो रहा था।

उन्होंने तो इन दिनों पढ़ने-लिखने की छुट्टी कर रखी थी। मज़े से आरामकुर्सी पर लेटी गुनगुना रही थीं। हाथ में नीटा मस्केट की कोई नावेल थी। तिपाई पर मसूरी से आया ताज़ा पत्र पड़ा हुआ था। मसूरी से इन दिनों

पत्रों का तांता लगा हुआ था। जैसे कार्तिक इतनी दूर से भी अपनी गिरफ्त ढीली नहीं करना चाहते। दीदी नियम से पत्रों का उत्तर देती हैं और फ़ुर्सत से बैठकर दर्दभरे गीत गाया करती हैं।

उनकी यह संगीत-साधना ही कभी-कभी सिरदर्द बन जाती है। अब भी मेरा मन हुआ, कहूं—'दीदी, प्लीज, थोड़ा तो रहम करो। माना आप बहुत बड़ी डांसर हैं पर गाना आपके बस का नहीं है। इसे हम गरीबों के लिए छोड़ दो।'

पहलेवाली बात होती तो बेधड़क कह देती और दीदी से तुर्की-बतुर्की जवाब भी मिल जाता। पर अब कहते एकदम संकोच हो गया कि दीदी पता नहीं क्या सोचें। सोच लेंगी कि मुझे अपने 'सुरीले कंठ' पर नाज़ हो गया है तभी ऐसा कह रही हूं।

नाज़ तो सचमुच है, ईश्वर ने दो ही चार चीज़ें तो ऐसी दी हैं जिनपर नाज़ किया जा सके। बाक़ी तो सब खातों में जमा शून्य ही है।

मेरा संगीत और दीदी का नृत्य, दोनों ही परिवार के लिए गर्व का विषय था। दीदी के साथ हमेशा मैं ही गाया करती थी। दिन भर हम लोग रिहर्सलों में खोए रहते, तब इस बात की कसम भोथरी पड़ जाती कि मैं कभी दीदी की तरह नृत्य नहीं कर सकूंगी।

पर इधर दो-तीन वर्षों से दीदी को यह 'दिव्य ज्ञान' प्राप्त हो गया है कि मेरी आवाज़ बहुत महीन है, वाद्ययंत्रों में खो जाती है। नृत्य के साथ तो ओजपूर्ण स्वर होना चाहिए, तभी बात बनती है।

उनके इस निर्णय से मैं तो एकदम बुझ-सी गई थी, अपने पर से विश्वास ही उठ गया था। पर बहुत शीघ्र ही पता चल गया कि दीदी को संगत के लिए एक 'दैवी स्वर' प्राप्त हो गया है। प्राप्त क्या हो गया है, वह तो नृत्य के साथ-साथ उनके मन-प्राणों में व्यापता चला जा रहा है। उस कंठ से निकली प्रत्येक पंक्ति उनके गले का हार बन गई है।

उस समय भी वे बागेश्री का गला घोंटते हुए गा रही थीं—ऊधो मन ना भये दस-बीस...।

मेरी सहनशक्ति जैसे जवाब दे गई। अपनी कुर्सी उठाकर मैंने उनकी कुर्सी

के सामने कर ली और आवाज़ दी, "दीदी ! एक बात पूछनी थी।"

"क्या ?"

"तुम्हारे कितने मन हैं, कभी हिसाब तो लगाओ।"

वे जैसे एकबारगी सिहर उठीं, फिर धीरे से बोली, "मन तो एक ही है रे, पर बंट गया है।"

उनकी इस स्पष्टोक्ति से दंग रह गई मैं। फिर कुछ और गुस्ताख़ लहज़े में पूछ ही लिया, "दीदी, कभी आराम से बैठकर तौल कर तो देखो। पलड़ा किसका भारी है, कार्तिक का, या..."

"कातिक इसमें कहीं नहीं हैं पगली, मैं तो मां के बारे में सोच-सोचकर पागल हुई जा रही हूं।"

"मां ?" आश्चर्य से भरकर मैंने पूछा, "मां के लिए सोचने की ऐसी क्या जरूरत पड़ गई ?"

"यही तो, मां के लिए कभी कुछ सोचने की ज़रूरत ही नहीं समझी हम लोगों ने। सदा उन्हें कटघरे में खड़ा करके ही देखा है। परंतु हमारा भविष्य सुधारने के लिए उन्होंने कितनी तपस्या की है, इसकी ओर कभी हमारा ध्यान ही नहीं जाता। एक अकेली औरत, ज़िम्मेदारियों का हिमालय ढोती चली आ रही है और उसे हमने कभी मन भर कर प्यार भी नहीं दिया। वी हैव टेकेन हर फॉर ग्रांटेड। हमारी सारी सहानुभूति पापा के साथ रही है... कभी-कभी लगता है, यह भी पापा की साजिश रही है। आर्थिक असुरक्षा का ऐसा बोझ मां के मनमस्तिष्क पर डाल दिया कि उनकी ममता के सारे स्रोत सूख गए, और बच्चों की सारी गुडविल इन्होंने हड़प ली।"

मन हुआ, चीखकर कहूं—"दीदी, किस आर्थिक असुरक्षा की बात कर रही हो तुम ? पापा ऐसे अकर्मण्य तो नहीं थे, उनके पंख मां ने ही काट दिये हैं। अपनी आकांक्षाओं के लिए पापा के कैरियर की बलि दी है।'

पर वह गुडविल हड़पनेवाला फिकरा मन में अभी ताज़ा था इसलिए सिर्फ़ इतना ही कहा, "दीदी, सभी मां-बाप अपने बच्चों के लिए खटते हैं; अपने-अपने ढंग से खटते हैं। उनके सारे परिश्रम के मूल में यही भावना रहती

है कि उनके बच्चे खुश रहें। मां की सारी तपस्या के पीछे भी यही उद्देश्य रहा होगा। इसीलिए पूछती हूं दीदी, क्या तुम खुश हो ?"

वे एकबारगी सिहर उठीं। फिर एक लंबी सांस लेकर दार्शनिक अंदाज़ में बोलीं, "मेरा सुख, मेरी खुशी तो अब सपना हो गया है रे ! पर मैं हर क़ीमत पर मां को खुश देखना चाहती हूं। ऐसा कोई ग़लत काम नहीं करना चाहती, जिससे उन्हें ठेस पहुंचे।"

"ग़लत काम की तुम्हारी परिभाषा क्या है ?" मैंने तैश में आकर कहा, "एक सीधे-सादे इंसान को तुमने चकरघिन्नी बनाकर छोड़ दिया है। क्या बहुत अच्छा काम है यह ? तुम उसे मुक्ति क्यों नहीं देतीं ? क्या उसका कैरियर चौपट करके ही दम लोगी ?"

दीदी चुप।

"और एक वे साहब बहादुर हैं, बड़े विद्वान् बनते हैं। पता नहीं ईश्वर ने उन्हें आंखें भी दी हैं या नहीं ? तुम्हारी बातों में, तुम्हारी हंसी में, तुम्हारे पत्रों में छिपा हुआ झूठ वे एक बार भी पकड़ नहीं पाए, आश्चर्य होता है !...और सबसे ज्यादा आश्चर्य तो तुमपर होता है जो दो नावों में पैर रखकर आराम से बैठी हो। तुम मां के लिए अपना सुख होम करने की बात करती हो, पर अपने सुख के लिए तुम किस-किसका विश्वास होम कर रही हो, इसपर भी कभी सोचा है ?"

"बस शिखा, स्टॉप इट !" दीदी ने एकदम कहा। उनका चेहरा तमतमा आया था, "देयर इज़ ए लिमिट टु एवरीथिंग।"

"यस दीदी," मैंने शांत स्वर में कहा, "देयर शुड बी ए लिमिट !"

घर में एक भयावह सन्नाटा छाया हुआ था।

मेरे मन में तो यह सन्नाटा दीदी की विदा से बहुत पहले व्याप गया था। पास रहकर भी इतनी दूर हो गई थीं हम दोनों कि एक कमरा शेयर करने की मजबूरी भी अखरने लगी थी। उस विस्फोट के बाद दीदी मुझसे एकदम कतराने लगी थीं और मुझे लगता था, जैसे वे मुझसे नहीं, अपने-आपसे बच रही हों।

शादी हुई और जैसे अपने-आप ही सारे अवरोध दूर हो गए। विदा के समय मुझसे लिपटकर फूट-फूट कर रोईं दीदी, मन का सारा कल्मष उन आंसुओं में बह गया। लेकिन मन और भी सूना हो गया। मन भी और घर भी। और कभी-कभी ये सूनापन जैसे निगलने को दौड़ पड़ता है।

"शिखा ! ओ शिखा !" लगा कि बहुत दूर से कोई मुझे पुकार रहा है। बहुत यत्न से अपनी उनींदी आंखें खोलकर देखा, भाई पैताने खड़े मुझे आवाज़ दे रहे थे। बड़ी मुश्किल से अपने को झकझोरकर जगा पाई मैं।

"रो क्यों रही थी पगली ?"

"कहां? नहीं तो..." मैंने कहा और छूकर देखा, पलकों की कोरें अब भी गीली थीं।

"किताब लेने कमरे में आया था तो देखा, तेरी तो हिचकी बंध रही है।"

"दीदी की बहुत याद आ रही है। उनके बिना घर कितना मनहूस लग रहा है !" मैंने कातर स्वर में कहा।

"हो जाएगी, कुछ दिनों बाद इस मनहसियत की भी आदत हो जाएगी। क्योंकि घर की सारी रौनक तो उसीके साथ विदा हो गई है। अब घर में रह गए हैं तीन मनहूस प्राणी—तुम, मैं और पापा।"

"तीन नहीं, दो कहिए," मैंने भी उनकी तरह विनोद का माहौल बनाते हुए कहा, आपकी गिनती कैसे कर लें हम ? घर में रहते भी हैं कभी ?"

"अरे, फ़िलहाल तो हूं। साले सब-के-सब पास हो गए। ये भी नहीं कि एकाध सप्लीमेंटरी ही ले आता। अपना काम तो चलता रहता।"

"भाई, आप किताब लेने आए थे न ! उस अलमारी में से ले लेंगे, प्लीज !" और मैं पुनः करवट बदलकर लेट गई। भाई के मुंह से ट्यूशन का ज़िक्र ज़रा भी अच्छा नहीं लग रहा था। उनका यों ग़रज़मंद होकर किसी के यहां जाना मन को बहुत सालता था।

सच तो यह था कि अब तक हममें से किसीको यह पता भी न था कि

भाई ट्यूशन भी करते हैं। सब लोग सोचते थे कि वे या तो क्रिकेट खेलने यहां-वहां चले जाते हैं या दोस्तों के साथ कॉलेज कैंटीन में बैठे रहते हैं। इससे ज्यादा जानने की कभी ज़रूरत भी नहीं समझी।

राज़ तो तब खुला, जब शादी पर भाई ने दीदी को आनंद शंकर के एक एल० पी० का उपहार दिया। तब मां-पापा को यह अहसास हुआ कि फ़ीस को छोड़कर महीनों से भाई ने कुछ मांगा नहीं है। इस अहसास को लेकर मां दिन भर उदास रहीं और पापा का स्वर बार-बार तरल हो आया था।

"हेलो पद्मनाभ ! हाउ डू यू डू ?"

मैं हड़बड़ाकर उठ बैठी, पद्मनाभ और यहां ? इस कमरे में ? मुड़कर देखा, दोनों हाथ कमर पर रखे भाई आलमारी के सामने खड़े मुसकरा रहे हैं। पद्मनाभ की स्टीलफ्रेम-जड़ी फ़ोटो जवाब में मुसकरा रही है।

"दीदी छोड़ गई हैं," मैंने मरी-सी आवाज़ में कहा।

"जाते समय इससे लिपटकर खूब रोई होंगी !"

"कैसी बातें कर रहे हैं आप ?" मैंने तड़पकर कहा पर आंखों के सामने वह सारा दृश्य तैर गया। भाई झूठ नहीं कह रहे थे।

"आपको इस तरह किसीकी भावनाओं का मखौल नहीं उड़ाना चाहिए," मैंने बेमतलब दीदी की वकालत करते हुए कहा।

"मखौल कहां उड़ा रहा हूं बाबा ! मैं तो हक़ीक़त बयान कर रहा हूं," वे बोले। उत्तर में मैं चुप ही बनी रही तो फिर बोले, "नाराज़ हो गई क्या ? साँऽऽऽरी ! याद ही नहीं रहा कि मैं परम श्रद्धेय दीदी की शान में गुस्ताख़ी कर रहा हूं, जो कभी माफ़ नहीं की जा सकती। लकी गर्ल ! कैसे-कैसे भक्त जोड़ लिए हैं कि कोई उसकी अनुपस्थिति में भी आलोचना नहीं कर सकता। यहां तो जिंदगी भर खाक छानते रहे, एक भी ऐसा न मिला, और लोग-बाग हैं कि सामने भी फ़ब्तियां कसना नहीं भूलते; पीछे जो कहते होंगे उसका तो ईश्वर ही गवाह है !"

भाई यह सब कुछ बिलकुल मज़ाकिया लहजे में कह गए थे पर आख़ीर

में उनकी आवाज़ भीग-सी गई थी। सच, भाई कभी-कभी इतने बेचारे-से लगते हैं कि उनपर प्यार आ जाता है।

मैंने फिर बात का रुख़ बदल देना ही ठीक समझा; कहा, "भाई, हम लोग नाहक बड़े हो गए हैं। बच्चे ही बने रहते तो कितना मज़ा आता ! तब यह जाति की, समाज की, भाषा की दीवारें पग-पग पर हमारा रास्ता नहीं रोकतीं। इन चहारदीवारियों में तब यों दम न घुटता।"

भाई ने अपनी पसंद की दो-चार पत्रिकाएं चुन ली थीं। उन्हें लेकर वे मेरे पास पलंग पर बैठते हुए बोले, "तू क्या पद्मनाभ के लिए यह सब कह रही है ?"

"यही समझ लीजिए।"

"क्या तू सोचती है कि पद्मनाभ तमिलभाषी न होता तो रेखा उससे विवाह कर लेती ?"

"क्यों, नहीं करती क्या ?"

"इसी तरह थर्ड डिविज़नर एम० ए० होता, इसी तरह एक पार्सल क्लर्क का बेटा होता तो कभी नहीं करती...और आज भी अगर पद्मनाभ में कुछ भी संभावनाएं होतीं तो जाति और भाषा की ये दीवारें अपने-आप ढह जातीं। न मां को एतराज होता, न रेखा को :"

"भाई, कभी-कभी आप बहुत..."

"बहुत कड़वा सच बोल जाता हूं, यही न ? मां ने कार्तिक का रिश्ता जिस ढंग से हथिया लिया है, रेखा जिस स्थितप्रज्ञ भाव से घर की तबाही देखती रही है, उससे और क्या निष्कर्ष निकलता है ?"

"वैसे दीदी पूरे छः महीने तक बड़े असमंजस में झूलती रही हैं," मैंने कहा।

"यह असमंजस, यह अनिश्चिय ही तो उसकी कहानी कह जाता है। उसकी आस्था में जरा भी बल होता तो इतने सोच-विचार की ज़रूरत ही क्या थी ? प्रेम कभी मध्यमार्ग नहीं अपनाता। इट इज़ आइदर यस आर नो।"

"तो यह सब कुछ छलावा था ?"

"नहीं ! छलावा नहीं था," भाई ने कहा और उठ बैठे। पीठ पर हाथ बांधकर कुछ देर तक कमरे में चहलकदमी करते रहे फिर उसी तरह चहलकदमी करते हुए बोले, जानती हो शिखा, ये बड़े आदमियों की बीवियां ऐसा एकाध प्रेम-प्रसंग पाल लेती हैं। अच्छा रहता है, कभी वक़्त-बेवक़्त उदास होने के लिए एक कारण मिल जाता है। अत्यधिक सुख से जब मन बेस्वाद हो जाता है तो थोड़े-से आंसू बहाने से राहत मिल जाती है। बड़ा कारगर नुस्खा है यह।"

भाई जैसे अपने-आपसे बोल रहे थे। मेरी समझ में नहीं आ रहा था कि मुझे क्या कहना चाहिए, "और शिखा, ये लोग एक-एक सहेली भी रख छोड़ती हैं। ये उनके लिए कस्टोडियन का काम करती हैं।"

"कस्टोडियन ?'

"मतलब, संरक्षिका। सारे प्रेमपत्र, उपहार, फ़ोटो उसे सौंप दिए जाते हैं। उनका अपना घर बेदाग़ रहना चाहिए। जब कभी थोड़ी-बहुत याद आने लगे, तो सहेली के यहां चले आए, मन बहला लिया।"

"और सहेली जिंदगी भर यही बेगार किया करे ?"

"पूरी बात तो सुना करो ! हमेशा यह स्थिति थोड़े ही रहती है। दो-चार साल बाद नई जिंदगी का रंग मन पर चढ़ने लगता है। पिछली बातें बेवकूफ़ी-सी लगती हैं। तब यह उदारमना महिला अपनी सहेली से कहती है, 'आज से मैं अपना प्रियतम तुम्हें सौंपती हूं। मेरे भाग्य में इसका सुख नहीं लिखा था। ईश्वर ने शायद तुम्हारे लिए ही इसे बनाया है।"

"तब सहेली क्या जवाब देती है ?"

"जवाब क्या देगी ! साफ़ कह देती है कि प्रेम अपनी जगह है, करुणा अपनी जगह। मुझे इस आदमी से सहानुभूति है, इसका यह तो अर्थ नहीं कि..."

"मैंने भी यही कहा था।"

भाई चलते-चलते एकदम रुक गए, "क्या कहा ?"

"मैंने भी यही जवाब दिया था।"

"माइ गॉड ! यानी कि रेखाजी इतनी अधीर हो उठी थीं कि हनीमून से

लौटने तक भी सब्र न हो सका...खैर, तुमने जवाब अच्छा दिया। बेचारी रेखा कितनी निराश हुई होगी तुम्हारा दो टूक जवाब पाकर।"

भाई के व्यंग्य को अनसुना कर मैंने बताया, "मुझसे कुछ नहीं कहा, पद्मनाभ को पत्र लिखा है।"

"क्या लिखा है ?"

"यही कि शिखा बहुत प्यारी लड़की है। ईश्वर ने उसके साथ एक अन्याय कर दिया है। पर उसकी भरपाई भी खूब की है। तुम दोनों मिलकर एक अलौकिक संगीत की सृष्टि कर सकोगे।"

"और वह गधा यह सब तुम्हें सुनाने चला आया ?" भाई की मुट्ठियां एकदम कस गई थीं।

"उसका कोई दोष नहीं है भाई," मैंने उन्हें शांत करते हुए कहा, "दीदी ने हज़ार-हज़ार कसमें जो दे रखी थीं, और अभी तो सब कुछ इतना ताज़ा है कि यह बात टाल नहीं सकता। चुपचाप पत्र पकड़ाकर चला गया।"

"और तुम्हारा जवाब ?"

"वह मैंने डाक से भेज दिया। लिख दिया कि मां-बाप ने बहुत सोच-समझ कर दीपशिखा नाम दिया है मुझे। मैं चुपचाप जीवन भर जलती रहूंगी, पर किसीकी दया की भीख मुझे मंज़ूर नहीं है। इरादा तो दीदी को ही लिखने का था, पर उनका रसभंग क्यों किया जाए !"

पर इतना सब कहते-कहते वेग से मेरा गला भर आया, "भाई ! क्या सचमुच इतनी दयनीय हूं मैं ?"

"धत् पगली !" उन्होंने कहा और मुझे अंक में भर लिया। बड़ी देर तक मेरे बालों पर, मेरी पीठ पर हाथ फेरते रहे। भाई का यह स्नेहल स्वरूप मेरे लिए एकदम नया था। पर उनकी यह नि:शब्द सांत्वना भी तो मुझसे झेली नहीं गई। पता नहीं मन कैसा हो गया है। कोई प्यार भी करता है तो मुझे उसमें दया की, करुणा की बू आने लगती है।

"वह ऐतिहासिक पत्र देखेंगे ?" बहत हौले से अपने को अलग करते हुए मैंने कहा।

"रहने दे, उसमें देखना क्या है ?" अपनी पुस्तकें समेटते हुए वे बोले, यही सब तो लिखा होगा कि मैं अपने प्यार को यथार्थ के क्रूर थपेड़ों से बचाना चाहती हूं, मेरे मन के तहखाने में इसे सुरक्षित रहने दो... प्रेम को शाश्वत रखने का इन लोगों का यह तरीका अच्छा है, पर ज़रा कठोर है...है न !" और भाई कमरे से बाहर चले गए।

मैंने दराज खोलकर दीदी का वह पत्र निकाला। बड़ी सुपरफ़ाइन अंग्रेज़ी में लिखा था :

'मैं जयदेव की पद्मावती बनना चाहती थी। कल्पना की आंखों से रोज़ देखती थी कि संयुक्ता और रघुनाथ पाणिग्रही की तरह हमारी जोड़ी भी रोज़ कीर्ति के नये शिखर चूम रही है...पर मैं जानती हूं, सभी सपने सच नहीं होते। सत्य कल्पना से कोसों दूर होता है। जीवन-पथ पर सब फूल ही नहीं बिछे मिलते...तब ? क्या मोहभंग के उन क्षणों में मैं तुम्हें प्यार कर पाऊंगी ? मुझे अपने ऊपर इतना विश्वास नहीं है। लेकिन जिससे इतना प्रेम किया है, उससे घृणा करने लगूंगी, यह कल्पना भी दहशत पैदा करती है...'

भाई बिना पढ़े कैसे जान गए सब ! और जैसे दिमाग़ में एकाएक कुछ कौंध गया। भाई के चेहरे पर पुती वेदना, उनकी आंखों का सूनापन, उसके स्वर का भीगापन...सभी जैसे एकसाथ अपना इतिहास कह उठे। कैसी मूर्ख थी मैं ! कितने आत्मकेंद्रित हैं हम सब। दिन-रात एक भट्ठी-सी सुलग रही है उनके मन में, पर किसीको आंच तक नहीं आती।

मन हुआ दौड़कर उनके पास पहुंच जाऊं। वे अपने कमरे में नहीं थे। इतनी धूप में छत या आंगन का सवाल ही नहीं था। तभी पापा की केबिन से टाइपराइटर की खटपट सुनाई दी। जाकर कनखियों से देखा, शून्य में ताकते हुए भाई मशीन से खिलवाड़ कर रहे हैं। पर उस खिलवाड़ में भी लगातार एक ही नाम टंकित होता चला जा रहा है। "भाई !" आवाज़ पर एकदम चौंक उठे वे।

मशीन पर लगे कागज़ को अनदेखा-सा करते हुए मैं पास खड़ी हुई,

"भाई, एक बात कहनी थी।"

"क्या ?" इस समय तक वे काफी संभल चुके थे।

"मैं सिर्फ़ यह कहने आई थी भाई, कि दुनिया बहुत बड़ी है...उसमें और भी लोग हैं। और सभी दीदी जैसे...या पुनीता मिश्रा जैसे नहीं हैं।"

भाई का चेहरा एकदम सफ़ेद पड़ गया।

डूबती-सी आवाज़ में इतना ही कह पाए थे, "थैंक्स शिखा, थैंक्स फॉर अंडरस्टैडिंग...।"

नैहर छूटा जाय

गाड़ी जैसे ही स्टेशन में प्रवेश करने को हुई, मेरी कल्पना में भैया का पत्र फिर घूम गया :

'दीदी,

पिछले आठ साल से तुम मेरा निमंत्रण टालती जा रही हो। शायद मां और बाबूजी के साथ मैं अपनी बहन को भी खो बैठा हूं। खैर, अब तो मैं यहां आ गया हूं। मेरी गृहस्थी का न सही पर अपनी जन्मभूमि का आकर्षण तुम्हें यहां खींच लाएगा, ऐसी आशा है। इस पत्र को अल्टीमेटम समझना।

—तुम्हारा भैया'

घर की दिनोंदिन बढ़ती ज़िम्मेदारियों ने मुझे ऐसा जकड़ लिया था कि किसी तरह जाना ही नहीं हो सका था। इस बार उसके पत्र ने मजबूर कर दिया और सभी झंझटों को पीछे ठेलकर मैं चल पड़ी।

गाड़ी जब रुकी तो मेरे मन में वही उमंग थी जो शादी के बाद पहले-पहले पीहर आने पर होती है। मैंने चलती ट्रेन से ही भैया को देख लिया था। रुकते ही कम्पार्टमेंट में आकर उसने मेरे पैर छुए और हम लोग हाथ पकड़े-पकड़े ही उतर गए। पर मन में कुछ खटका अवश्य। पहले तो वह मुझसे लिपट जाता था। उसी समय दो चपरासियों ने मेरा सामान उठा लिया और मुझे स्मरण हो आया कि अब वह पुराना भैया तो नहीं है जो दोस्तों की टोली लेकर मुझे लेने आया करता था। आज तो वह एक ज़िम्मेदार अफ़सर है।

स्टेशन भीतर-बाहर से बहुत-कुछ बदला हुआ था, पर ऐसा भी नहीं था

कि पहचाना ही न जा सके। पुरानी स्मृतियों में डूबती-उतराती मैं कार में बैठ गई। भैया ने कुछ बोलना चाहा पर मेरे असंगत उत्तरों से उसने शायद मेरी मनःस्थिति भांप ली और फिर वह चुप ही रहा। कार कोलतार की सड़कों पर फिसलने लगी और उसके साथ ही मेरा मन भी फिसलता हुआ समय के उस पार पहुंचकर स्मृतियों की दुनिया में खो गया।

तंग गली के मोड़ पर तांगा खड़ा है। बाबूजी तांगे वाले को पैसे दे रहे हैं। भैया सामान लिए चल रहे हैं और उनके पीछे मैं। मेरे आने की ख़बर तेज़ी से फैल जाती है और कई जोड़ी आंखें घरों के दरवाज़ों, खिड़कियों और छज्जों से मुझे घूरने लगती हैं। भगतजी मिलते हैं और आशीर्वादों की झड़ी लगा देते हैं। माथुर चाची खिड़की से ही कुशलक्षेम पूछ लेती हैं। चौबेजी की मुन्नी पप्पू को मेरी गोद से छीनकर भाग जाती है। पड़ोस के रामू दादा चिल्लाकर पूछते हैं, क्यों री लाडो, यह कितने नंबर का पार्सल है ? उनके इस प्रश्न पर सभी लोग खिलखिलाकर हंस पड़ते हैं। मां दरवाज़े पर खड़ी हैं। मुझसे लिपट जाती हैं। हम दोनों के आंसुओं में बिछोह की व्यथा अधिक है या मिलन का आनन्द—कहना कठिन है। बाबूजी 'जीती रहो, जीती रहो' कहते हुए एक ओर चले जाते हैं।

"आओ दीदी"—मैं चौंकी और वर्तमान में आ गई। गाड़ी एक शानदार कोठी के सामने खड़ी थी और भैया मुझसे उतरने के लिए कह रहा था। तंग गली का वह पुराना मकान यदि कठोर यथार्थ था तो भैया का यह नया घर स्वप्न की तरह सुन्दर। दरवाजे पर ही रीता भाभी खड़ी थीं। शादी के दस साल उनके सौंदर्य और सुकुमारता में कोई अंतर नहीं ला पाए थे। सुन्दर उद्यान से घिरे उस भव्य भवन के द्वार पर वे किसी कलात्मक प्रतिमा-सी लग रही थीं। बड़ी ही प्यारी मुसकान के साथ उन्होंने मुझसे नमस्ते की।

"रीता, तुम दीदी के नहाने-खाने का प्रबंध करो, मैं आफ़िस जाता हूं। अच्छा दीदी, शाम को मिलेंगे।" कहता हुआ भैया सीढ़ियां उतरकर गाड़ी में बैठ गया। चपरासी आगे-पीछे दौड़ रहे थे। काश ! मां और बाबूजी

यह सब देखने के लिए जीवित रहते। यह सब मंत्र-मुग्ध-सी मैं तब तक देखती रही जब तक गाड़ी आंखों से ओझल नहीं हो गई। फिर एकाएक अपने-आपको बहुत अकेला अनुभव करने लगी, जैसे कोई नन्ही बच्ची भीड़ में खो गई हो।

ऐसा होना तो नहीं चाहिए। मैं तो अपने पीहर आई थी, अपने इकलौते भाई के घर ! वह बेचारा मेरी एक-एक इच्छा पूरी करने के लिए भाग रहा था। दोनों भतीजे अपनी किलकारियों से मेरा मन पुलकित कर रहे थे। रीता बेचारी तो बिछी जा रही थी।

सारे घर के लिए मैं एक सम्मानित अतिथि थी, और यही बात मेरे हृदय को आघात पहुंचा रही थी। मैं वह रज्जो नहीं थी जिसके लिए तवा उतारने से पहले मीठा चीला बनाना मां न भूलती थीं। वह बिटिया नहीं थी जिसके लिए सेवधानी की पड़िया लाने की बात बाबूजी को सौ कामों के बीच भी याद रहती थी। वह रजनी भी नहीं थी जिसके लिए माथुर चाची आंवले का अवार और पंडिताइन मौसी उड़द के पापड़ अवश्य भेजतीं। अब मैं वह दीदी क्यों नहीं थी जिसके लिए खट्टी इमली से भैया घर भर देता था ?

भैया तो सचमुच अब बहुत ही बदल गया था। यह बात नहीं कि वह मेरी उपेक्षा करता हो। वह तो बेचारा आफ़िस से जितनी जल्दी हो सके, उतनी जल्दी लौट आता और अधिक-से-अधिक समय मुझे देने का प्रयत्न करता। हम दोनों के बीच एक अदृश्य-सा तनाव बन गया था। कभी मैं सोचती, क्या वही बदला है, समय के चक्र ने मुझे क्या अछूता ही छोड़ दिया है ?

एक रात खा-पीकर बैठे थे कि भैया ने मेज़ पर एक बड़ा-सा नक्शा फैलाते हुए कहा, "दीदी, एक मकान बनवाने की सोच रहा हूं, इसी शहर में। मां की भी यही इच्छा थी।"

मकान...इसी शहर में...मां की इच्छा थी—सुनकर मन को न जाने कैसा लगा। अपना पुराना, अंधेरा, सीलन-भरा मकान याद आया, जिसमें मां ने अपने जीवन के अट्ठाईस वर्ष काट दिए थे, शायद ऐसे ही किसी सुन्दर

घर का सपना देखते हुए।

"हां, तो दीदी, बगीचे के ठीक बाद यह हॉल होगा, और इसके पास ही यह लेडीज़ ड्राइंगरूम। ठीक है न ?"

"हां, हां, बहुत अच्छा रहेगा," मैंने कहा। पर इस समय मैं तो अपने दो कमरों के मकान के बारे में सोच रही थी। बाहर वाले कमरे में फ़र्नीचर के नाम पर होती थी एक मेज, एक टीन की कुर्सी और स्टूल। जब बैठने वालों की संख्या ज्यादा हो जाती तो संदूक और खिड़की से भी काम चलाया जाता।

और लेडीज़ ड्राइंग रूम। इसकी तो कभी ज़रूरत ही महसूस नहीं हुई। दोपहर को सब अपने-अपने दरवाज़े में आ जातीं, कोई बुनाई लेकर तो कोई सिलाई लेकर। कोई चावल बीनती, तो कोई सब्ज़ी साफ़ करती, इस तरह बातें भी होतीं और काम भी। निमंत्रण कभी भी आनंददायक नहीं होते थे, क्योंकि तब उन घरों के अभाव उभर कर सामने आ जाते।

"और दीदी, यहां बच्चों का स्टडीरूम रख दिया है। बगीचे का व्यू भी रहेगा और किसी तरह का डिस्टर्बेंस भी नहीं होगा।"

"हां पढ़ते समय डिस्टर्बेंस तो नहीं होना चाहिए।" और मेरी कल्पना में हमारा रसोईघर घूम गया। एक ओर पलंग पर दमे की मरीज़ दादी सोई रहतीं और दूसरी ओर मां खाना पका रही होतीं। कमरे के बीचोंबीच संदूक पर किताबें रखकर हम दोनों भाई-बहन पढ़ते रहते। दादी की खांसी, बरतनों की खड़खड़ाहट और गली का शोरगुल—इन सबके बीच भी जब भैया हर बार फर्स्ट आता था तो हम सबके कलेजे गज़-गज़ भर के हो जाते थे।

वह समझा रहा था और मैं सिर हिला रही थी। पर कितना समझ रही थी, इसे तो ईश्वर ही जानता है। उसी रात मेरे कानों में भनक पड़ी, "हर किसीको क्यों प्लान दिखाया करते हैं आप? कोई ज़रूरी है कि सभी को उसमें दिलचस्पी हो?"

"हर किसीको कौन दिखाता है ? दीदी को तो दिखाना ही चाहिए। उसे तो इस बात का सबसे ज़्यादा अरमान है।"

"ख़ाक है। आप तो इतनी बारीकी से समझा रहे थे पर उसमें उन का ज़रा भी ध्यान नहीं था।" रीता भुनभुनाई। सच, कितनी बेवकूफ बनती जा रही थी मैं। हरदम अतीत के खोल में दुबका रहना क्या अच्छा लगता है!

धीरे-धीरे मेरे जाने का दिन निकट आता गया और जब एक ही रात बाकी रह गयी तो मेरा मन अनायास भारी हो उठा। भैया दफ्तर से काफ़ी जल्दी लौट आया था और हम लॉन में बैठे गपशप कर रहे थे। रीता अन्दर रात के विशेष भोज की तैयारियों में व्यस्त थी। एकाएक भैया बोला, "दीदी, घूमने चलती हो?"

मेरे "हां" कहते ही वह उठ खड़ा हुआ। उसने न मुझे कपड़े बदलने दिए, न खुद ही कपड़े बदले और न रीता को साथ लेने दिया। शोफ़र ने गाड़ी के लिए पूछा तो मना कर दिया।

बंगलों से घिरी हुई उस सड़क पर हम दोनों की घरेलू पोशाक बड़ी अटपटी लग रही थी। भैया ने शीघ्र ही एक तांगा कर लिया और मैं एक मानसिक बोझ से मुक्ति पा गयी।

तांगे में बैठते ही फिर परेशानी सामने आयी। बातचीत का कोई सूत्र हाथ नहीं आ रहा था। यद्यपि मन में असंख्य बातें उमड़ रही थीं। अचानक भैया ने कहा, "दीदी, कुल्फ़ी खाओगी?"

"यहां सड़क पर!" मैंने कहा। मुझे याद आया कि बचपन में कुल्फ़ी खाना हमारे लिए बड़ी खुशी की बात हुआ करती थी। अब तो रीता रोज ही बच्चों के लिए फ्रिज में दूध के कटोरे भर कर रख देती है।

"कुछ चीज़ें तो सड़क पर ही खाने की होती हैं।" कुल्फ़ी वाले को पैसे देते हुए भैया बोला, "बरसात में सड़क के किनारे सिकते भुट्टों की सुगन्ध से मुंह में पानी भर आता है। है न!"

फिर तो भुट्टों की सुगन्ध और कुल्फ़ी के स्वाद ने मिलकर एक अनोखा जादू कर दिया। भैया की वाणी ऐसे फूट निकली जसे बांध टूट पड़ा हो। मार्ग

में पड़ने वाली हर इमारत, हर पेड़, हर दुकान से उसकी कोई-न-कोई स्मृति जुड़ी थी। उसे सुनना बड़ा अच्छा लग रहा था।

"बोर हो गयीं दीदी ?" वह जैसे होश में आकर बोला, "बात यह है कि जब से मां नहीं रही, कई बातें अनकही रह गयी हैं। रीता से तो यह सब कहने में मज़ा ही नहीं आता। वह बेचारी तो मेरे अतीत की कल्पना भी नहीं कर सकती।"

तांगा रुक गया था और भैया ने मुझे उतरने का संकेत किया। "यहां क्यों ?" मैंने प्रश्नवाचक दृष्टि से उसकी ओर देखा।

"तुम यहां आए बिना ही लौट जाती तो न तुम्हें सुख होता और न मुझे ! ठीक है न !" और हम दोनों हंस दिए।

हम ने गली में प्रवेश किया। समय ने उसके ढांचे को ज़रा भी नहीं बदला था। बदले थे तो सिर्फ वहां के निवासी। जो तब जवान थे, अब बूढ़े हो गए थे और अपनी धुंधली आंखों से हमें पहचानने की कोशिश कर रहे थे।

माथुर चाची की खिड़की आते ही हठात् ध्यान उस ओर चला गया। वे बदस्तूर वहां पर खड़ी थीं। बहुत देर में मुझे पहचान पायीं। फिर "रज्जो" कहकर इस ज़ोर से चीख़ीं कि रास्ता चलने वाले हमें घूर कर देखने लगे। उन की बातों का सिलसिला खत्म ही नहीं हो रहा था। लगता था, बुढ़ापे ने उन की ज़बान को और तेज कर दिया है।

उनसे पीछा छुड़ाकर आगे चले तो तरकारी का थैला लिए रामू दादा मिल गए। हम लोगों ने नमस्ते की तो कुछ देर हमें देखते रहे, फिर मेरे सिर पर चपत मार कर साबित कर दिया कि वे हमें भूले नहीं हैं। खींच कर घर ले गए और चाय पिलायी। उनके घर से हमारा पुराना मकान दिखायी पड़ता था जहां नये किरायेदारों के बच्चे खेल रहे थे। उनकी किलकारियों में हमारा बचपन जाग रहा था। मकान-मालकिन हमेशा की तरह उन बच्चों को कोस रही थी। मैंने भैया के कान में कहा, "तुम जब अपने घर का मुहूर्त करो तब उस बुढ़िया को अवश्य बुलाना।"

अंत में पहुंचे पंडिताइन मौसी के घर। मौसी के बाल सन की तरह सफ़ेद

हो गए थे पर उन पर वह शीशफूल अभी चमक रहा था। यह उनका एकमात्र गहना था जो किसी जजमान की स्त्री ने पुत्र-जन्म की खुशी में दिया था। बचपन में भैया अकसर उसी से झूल जाता था। तब वे कहतीं, "अरे, छोड़ दे रे दुष्ट ! मरूंगी तो यह तेरी बहू को ही दे जाऊंगी।" मैंने अपनी कल्पना में रीता को वह शीशफूल लगाए देखा और मुझे हंसी आ गयी। मौसी की दशा विचित्र-सी हो गयी थी। हर्ष और शोक—दोनों से विह्वल होकर उन्होंने हमें चिपटा लिया। हम तीनों इस तरह रोये मानो मां का कल ही देहांत हुआ हो। बड़ी देर बाद वे संभल पाईं। बोलीं, "बेटा, किसी दिन बहू को भी तो ले आना। देखकर आंखें ठंडी कर लूं।"

मैंने भैया की रक्षा करते हुए कहा, "मौसी, किसी दिन अपने लड़के का महल भी तो देख आओ।" और विस्तार से उन्हें भैया की वैभव गाथा सुना दी। वे भी रस ले-लेकर सुनती रहीं और बलाएं लेती रहीं।

हम लोग जब गली से बाहर आए तो मन बड़ा हल्का हो रहा था, इसलिए नहीं कि पुराने लोग मिल गए थे बल्कि इसलिए कि उनके माध्यम से हम दोनों भाई-बहिन वर्षों की दीवार चीर कर फिर से एक मन एक प्राण हो सके थे।

चौराहे पर मन्नालाल हलवाई की दुकान पर जब भैया रुका तो मैंने कहा, "हद है भैया, अब भी क्या पेट में जगह रह गई है ?"

"अरे दीदी, मिठाई तो मैं अपने प्यारे जीजाजी के लिए ले रहा हूं। जिनकी तोंद ससुराल की मिठाई के अभाव में दुबला रही होगी।"

"शैतान।" मैंने कहा, पर उसने हंसते हुए एक गुलाबजामुन मेरे मुंह में ठूस दिया और मेरी साड़ी के पल्लू से ही हाथ पोंछ लिए।

कन्यादान

दूध जलने की अजीब सी गन्ध पाकर मेरा माथा ठनका। मशीन छोड़कर रसोई में झांका तो देखा, दूध उफन-उफन कर चूल्हे में जा रहा है और सुम्मी का कहीं पता नहीं है।

"सुम्मी ?" मैंने चूल्हे में लकड़ी खींचते हुए आवाज़ दी। जब कोई जवाब नहीं मिला तो मैं अनायास ही बैठक की ओर मुड़ गई। सुम्मी खिड़की के पास खड़ी अपलक सड़क की ओर निहार रही थी।

"तू यहां खड़ी है और उधर दूध..."

"दीदी को शायद फिर कोई देखने आये हैं।" उसने मेरी बात अनसुनी करके कहा।

"अच्छा।" अब तो मुझे भी कुतूहल हुआ। देखा दद्दू की आलीशान गाड़ी के साथ एक और भी खुबसूरत कार सड़क पर खड़ी है। योगेश कार के दरवाज़े पर सबकी अगवानी कर रहा था और दद्दू सीढ़ियों पर हाथ जोड़े खड़े थे।

जब सब लोग साथ वाले मकान में अदृश्य हो गये तो मैं वापस मशीन पर आकर बैठ गयी। सुम्मी भी मेरे साथ चली आई। पर अब सिलाई में मन नहीं लग रहा था।

"लड़का कौन सा था री ! वह नीले सूट वाला या हरे स्वेटर वाला ?" मैंने कहा।

"तुम भी मां ग़ज़ब करती हो। जीजी के लिए वह स्वेटर वाला कैसा लगेगा ज़रा सोचो तो।"

सुम्मी ठीक ही कह रही थी। राजी के साढ़े पांच फुटी क़द के सामने

अच्छे-अच्छे लड़के भी बोने लग उठते थे। कितनी ही जगह सिर्फ इसी कारण रिश्ता नहीं हो सका था। तब से लड़के की ऊंचाई का ख़ास ध्यान रखा जाता था।

सोचते-सोचते मन हठात् उदास हो आया। दो साल पुरानी वह बात याद आ गई। कितना अच्छा घर था। लड़का इन्जीनियर, बाप डिप्टी कमिश्नर। ऊंचाई पांच फुट साडे आठ इंच थी, फिर भी राजी के सामने ज़रा सा लग रहा था और राजी ने मना कर दिया था।

दूसरे दिन योगेश घर पर आया था। पहले तो उसने राजी को बख़ू कोसा था। फिर बोला, "चाचा जी ! इतना अच्छा लड़का हाथ से जाने देना नहीं चाहते पिता जी। उन्होंने कहा है कि सुम्मी के लिए बातचीत कर ली जाये। अभी दो दिन और वे लोग शहर ही में हैं। देखने-दिखाने का कहें तो इन्तज़ाम हो भी सकता है।"

मेरे मुंह में तो जैसे पानी भर आया, बड़ी आशा से सुम्मी के पिता जी की ओर देखा। पर इन्होंने बड़ी विद्रूप मुसकुराहट के साथ कहा था, "योगेश ! अपने पिता जी से कहना, अपनी बेटी की जूठन यहां न भेजें। सुम्मी का बाप अभी जिन्दा है।"

योगेश अपना-सा मुंह लिये लौट गया था।

हूं। बड़ी शान से कह दिया था कि उसका बाप जिन्दा है। बाप ऐसे ही तो होते हैं ! दो साल में कितने लड़के देखे हैं ?

दद्दू को देखो, सारा हिन्दुस्तान छान मारा है। कहां-कहां से लड़के ढूंढ लाते हैं। पर राजी की कुंडली में पता नहीं कैसे योग हैं ! कहीं उसकी ऊंचाई आड़े आ जाती है, तो कहीं डबल एम० ए० की डिग्री। कभी जीजी को घर पसन्द नहीं आया, कभी राजी को वर। और दर्दू या योगेश फिर घूमना शुरू कर देते हैं। जब भी वे लोग कोई लड़का नापसन्द कर देते हैं तो मेरा मन उस बच्चे की तरह दुखी हो जाता है। जो ख़द ख़रीदकर मिठाई खा नहीं सकता, दूसरों की फेंकी हुई उठा नहीं सकता और तरस कर रह जाता है।

इन सब बातों को सोच-सोच कर आजकल मेरी आंखें अपने-आप ही भर आती हैं और किसी काम पर बैठना कठिन हो जाता है।

ये तो दिन भर बाहर रहते। दिन भर इतनी बड़ी लड़की आंखों के सामने रहने पर मेरी छाती में कैसा क्या होता रहता है, इन्हें क्या पता ? कहते हैं, "तुम नाहक़ फ़िक्र करती हो। आजकल तो पच्चीस साल से पहले कोई लड़कियों की शादी की बात सोचता भी नहीं।"

ठीक है, लेकिन वे लड़कियां क्या दिन भर इस तरह घर में बैठी रहती हैं। लड़की को कालेज आप भेज नहीं सकते, खर्च नहीं पूरा पड़ता इसलिए। नौकरी नहीं करवायेंगे क्योंकि इससे आपकी बेइज़्ज़ती होती है। फिर वह बेचारी क्या करे दिन भर मां के साथ खाना बनवाये, सिलाई करवाये या...।

"मां, दद्दू आ रहे हैं ?"

"कौन ?" मैंने अपनी विचार-तन्द्रा से जागते हुए सुम्मी से प्रश्न किया।

"दद्दू आ रहे हैं। पिछले रास्ते से छत पर होकर आ रहे हैं।"

मैं तो अवाक् रह गई। दद्दू पता नहीं कितने सालों बाद इस घर में आये थे। चार पांच-साल पहले मुनीश बहुत बीमार हो गया था तब आये थे, बड़े डाक्टर को लेकर।

"बहू !"

रसोई की चौखट पर खड़े होकर दद्दू ने आवाज़ दी। मैंने माथे तक पल्लू खींच कर उनके पांव छुए और एक ओर खड़ी हो गई।

"बहू ! जरा सुम्मी को तैयार करके मेरे साथ भेज दो। राजी को देखने ढेर सारे मेहमान आ गये हैं। उसकी मां बाहर मेहमानों के पास बैठी है। योगेश की बहू रसोई में अकेली है। सुम्मी साथ रहेगी तो थोड़ा सहारा हो जायेगा। उन्होंने कहा।

मैंने सुम्मी की ओर देखा, उसकी आंखों में इनकार साफ़ झलक रहा था। मैंने आंखों ही आंखों में उसे आदेश दिया और वह पैर पटकती हुई तैयार होने चली गई।

दद्दू को मैंने एक भोढ़ा खींच कर दिया और सुम्मी के पीछे-पीछे चली आई यह सोचकर कि ऐसा न हो कि सिलबिल सी चली जाए और जीजी को उसका रिश्ता बताते हुए शर्म लगे। चार औरतें बाहर की आई थीं। क्या पता

कोई घर देखने के बहाने रसोई तक भी आ जाये।

सुम्मी तो जैसे भरी बैठी थी। मुझे देखते ही भड़क उठी, "उनके सब नौकर-चाकर मर गये क्या ? जो हमें याद किया गया है। हम नहीं जायेंगे।

"ऐसे नहीं कहते पगली ! वे ख़ुद चल कर बुलाने आये हैं। वैसी ही कोई ज़रूरत पड़ गई होगी, नहीं तो भला आज तक कभी ऐसा हुआ है," मैंने उसे समझाया।

तब बड़े बेमन से उसने अपना सन्दूक खोला। मैं चुपचाप बाहर निकल आई। अपने मामा की दी हुई बैंगनी रंग की अम्बिका सिल्क पहनकर जब वह बाहर आई तो गले में जैसे कुछ अटक सा गया। हाथ में, गले में, सारे शरीर पर कहीं सोने का एक तार भी नहीं था, फिर भी लड़की जैसे लक्ष्मी का रूप लेकर ही इस धरती पर आई थी। याद आया, यह छोटी थी तो दद्दू उसे राजलक्ष्मी की जोड़ी के लिए भाग्य-लक्ष्मी कहते थे। राजी तो सचमुच राजलक्ष्मी है पर मेरी यह अभागी बिटिया...वह नाम जैसे उसका उपहास ही बन गया था।

दद्दू के साथ उसे भेजकर मैं पता नहीं कितनी देर सुम्मी की ही बात सोचती रही, वह पूरे चार साल बाद उस घर में कदम रख रही थी। अलग होने के बाद इन दो घरों में ही नहीं, हम लोगों के दिलों में भी दीवार खड़ी हो गई थी। तब से मैंने सिर्फ़ योगेश की शादी में ही वहां पांव दिया था। उस समय भी उपेक्षा, अपमान और तिरस्कार की ऐसी सौगात पाई थी कि दुबारा जाने की इच्छा ही न हुई थी।

फिर भी मैं होली, दिवाली, दशहरा और संक्रान्ति पर बच्चों को बड़ों के पैर छूने भेजती। राखी, भाई दूज पर लड़कों को अवश्य भेजती, जिससे कोई यह न कहे कि देने के डर से मुंह छिपा गए हैं। दिया हुआ सब दुगना करके योगेश, लोकेश, सुम्मी के बहाने लौटा जाते। अजीब से सम्बन्ध हो गए थे, न छोड़ते बनता था न निभाते।

जैसे-जैसे बच्चे बड़े होते गए समझने लगे कि उस घर में वे लोग हिकारत से देखे जाते हैं। सबसे पहले सुम्मी ने वहां जाने से इनकार किया। दूसरे वर्ष

मुनीश ने भी उसका अनुकरण किया। गिरीश और सतीश तो अभी छोटे थे पर इस साल से हरीश भी विद्रोही दल में शामिल हो गया था।

और कोई बुलाने आता तो सुम्मी तो आज भी न जाती। पर दद्दू की बात और थी। उनकी बात टाली नहीं जा सकती थी। उनके लिए सबके मन में एक ऊंचा आसन है। बटवारे के बाद भी उस स्थिति में फ़र्क नहीं आया। ये मुंह से चाहे जो भी कहते रहें, दद्दू की बात टाल दें ऐसा साहस उनका भी नहीं था।

और झगड़ा दद्दू से था ही कब ? बैर तो देवर भाभी के बीच था, दद्दू उतने ही निरीह थे जितनी कि मैं। और इस रोज-रोज़ की खटपट से उतने ही त्रस्त भी।

जीजी यह देखकर चिढ़ती थी, कि लाला जी दिन भर बैठकर ताश खेलते हैं या सिगरेट फेंकते हैं। ख़ानदानी कारोबार में ज़रा भी हाथ नहीं बंटाते। साल दो साल बाद घर में एक प्राणी की वृद्धि करना ही उनके पुरुषार्थ की सीमा है।

देवर को यह कोफ्त होती थी कि भाभी ठसक किसे दिखाती है, वे किसी और का नहीं, अपने बाप का माल खा रहे हैं। पर कौन समझाता कि बाप की कमाई कोई ज़िन्दगी भर बैठ कर नहीं खा सकता। और दद्दू न होते तो घर की ईंटें तक बिक गई होतीं।

और फिर एक दिन विस्फोट हो ही गया था। कारण चाहे जो भी रहा हो सालों से सुलगती आग को बाहर आने का मौक़ा मिल गया। कहनी-अनकहनी सारी उस दिन जबान पर आ गई थी। और यह बात भी कि अब आगे साथ रहना नहीं हो सकता।

दद्दू उस दिन भी बिलकुल शान्त बने रहे। तूफ़ान थमने के बाद भाई को बुलाकर उन्होंने नगदी, सोना, चांदी सब का बराबर हिस्सा सम्हलवा दिया। नाप-जोख करके मकान दो हिस्सो में बांट दिया। नई सड़क पर एक नई फेन्सी क्लाथ की दुकान लेकर दे दी।

मुझे अलग हो जाने से ज़रा भी खुशी नहीं हुई। दद्दू के बच्चों पर मेरी बहुत ममता थी, पर रोज़-रोज़ की किलकिल से छुटकारा पाने की राहत जरूर

महसूस की।

तीन महीने बीतते-बीतते इन्होंने बकना शुरू किया, "बाप दादों की दूकान तो लोग-बागों ने अपने लिए रख ली। हमें नई जगह पर बिठा दिया है। भला हमें कोई पूछता है वहां।

बात दद्दू के कानों तक भी गई और दूसरे ही हफ्ते दुकानों की अदला-बदली भी हो गई। साथ ही दोनों मकानों के बीच एक लम्बी सी दीवार भी डल गई।

मैं योगेश राजी को देखने के लिए तरस गई पर जीजी के रोज़-रोज़ ताने भी अब नहीं सुन पड़ते थे।

दूकान नई हो या पुरानी, चलाने से ही तो चलती है। देखते-ही-देखते दद्दू की नई दूकान भी चल निकली। बी० काम० के बाद योगेश ने भी पास ही में एक रेडीमेड कपड़ों की दुकान खोल ली। लोकेश के लिए एक फैक्टरी खोली गई थी और वह उसकी ट्रेनिंग के लिए अमेरिका चला गया था।

अब इनको यह शिकायत है कि दद्दू के सारे पुराने ग्राहक अपनी ओर तोड़ लिए हैं। पहले-पहल तो मुझे भी इन किस्सों पर विश्वास आ जाता था। पर बाद में समझ गई कि अपनी अकर्मण्यता पर पर्दा डालने के बहाने हैं सब। पुराने न सही इतने दिनों में तो नये ग्राहक भी जुट सकते थे। दूकान को ताश का अड्डा बना लेने का अंजाम तो यही होता है। (जो आदमी मुझे यह खबर दे गया था उसके सातों पुरखों का इन्होंने तपण कर डाला था।)

धीरे-धीरे सारी कैश चुक गई। फिर चांदी का नम्बर आया। फिर एक-एक करके मेरे गहने भी जाने लगे तब घबरा कर मैंने दद्दू के पास सन्देश भिजवाया। उन्होंने खुद जाकर दूकान का मुआयना किया और दूकान में पार्टीशन डलवाकर आधा हिस्सा एक डिस्पेन्सरी के लिए किराये पर उठवा दिया। किराया सीधा मेरे पास पहुंचे यह व्यवस्था भी कर दी। उन्होंने बहुत हाय-तोबा मचाई। जो जी में आया बकते रहे। पर दद्दू की व्यवस्था को बदलने का साहस न कर सके। इससे भी पूरा न पड़ा तो मैंने छत के तीन कमरे और रसोई अपने लिए रख कर नीचे का सारा हिस्सा किराये पर उठा

दिया। ऊपर रहने में ढेर सी असुविधाएं थीं। पर एक सुविधा थी सबसे बड़ी कि ऊपर वाला हिस्सा अकेला था और मेरी रसोई में क्या पकता है किसी को पता नहीं चलता था।

अपने घर में तो कोई भूखा-प्यासा भी रह लेता है लेकिन बेटी का ब्याह। उसके लिए तो हाथ-पांव मारने पड़ते हैं। यह काम तो औरतों के करने का नहीं है। दिन भर घर में बैठी लड़की सूखती जा रही थी और मैं कुछ नहीं कर पा रही थी।

धम-धम पैर पटकती हुई सुम्मी लौटी तो मेरा ध्यान बटा।

क्यों री ! गए क्या वे लोग ? कैसा है लड़का ? राजी से तो ऊंचा ही बैठेगा न ? कितने लोग थे ? लड़के की मां भी थी क्या ? तमाम सवाल मैंने एक साथ पूछ डाले।

पर सुम्मी ने मेरी एक भी बात का जवाब नहीं दिया और भड़ाक से दरवाज़ा बन्द करके साड़ी बदलने चली गई। मुझे अपने ही ऊपर शर्म। आई। कैसे-कैसे प्रश्न पूछ बैठी मैं ? मुझे इसकी भावनाओं का ज़रा तो खयाल करना चाहिए। बेचारी का मन कितना कुढ़ रहा होगा कि ताऊजी के यहां तो इतनी दौड़-धूप हो रही है, खोजबीन हो रही है, और यहां !

अभिमान के मारे अपने भैया के आगे कभी हाथ नहीं फैलाया था। पर अब कल ही लिख दूंगी कि आकर इसे लिवा ले जाये और जैसे भी हो पार लगा दें। शुक्र है भगवान का कि एक लड़की दी। नहीं तो किस-किस के आगे हाथ पसारती ?

रात खाना परोसते हुए मैंने इनसे बताया, "आज फिर राजी को देखने आए थे।"

"वैरी गुड।" उन्होंने हंस कर कहा, "बाप ने ब्लैक में खूब जमकर कमाया है। अब छोकरी सब हिसाब बराबर कर रही है। आठ दस हजार तो अब तक देखने ही में खर्च हो गए। शादी तो अभी बाक़ी है।"

मुझे बात का यह ढंग अच्छा नहीं लगा। कहा, "जब संयोग बनेगा तभी न शादी होगी ! बेचारे कोशिश करने में तो कोई कसर नहीं छोड़ रहे हैं।"

"और मैं हाथ-पर-हाथ धरे बैठा हूं। यही कहना चाहती हो न ?" इन्होंने यकायक गरम होते हुए कहा, "ठीक तो है। मैं दद्दू की तरह हाई क्लास का आदमी नहीं हूं। रोज-रोज़ इस तरह का आयोजन नहीं कर सकता तो तुम सोचती हो मुझे कोई फ़िक्र ही नहीं है। ठीक है तुमने मेरे बारे में इससे ज्यादा सोचा ही कब है ?" और थाली सरका कर उठ खड़े हुए। सुपारी तक बिना खाए बाहर चले गए।

मैं बड़ी देर तक वहीं चौके में सिर थामे बैठी रही। इस तरह के सीन आए दिन होते ही रहते थे और हर वार मेरा मन पहले से अधिक उदास हो जाता। जब भी राजी को कोई देखने आया, मैं इनके कानों में यह बात जरूर डालती। मन में एक आशा सी बनी रहती कि कभी तो इनके अन्दर का बाप जागेगा। पर सिवा बड़े भाई को गालियां देने के उनसे कुछ नहीं होता था। बहुत हुआ तो मूड खराब हो जाने का बहाना करके बाहर निकल जाते और आधी-आधी रात तक घर नहीं लौटते थे।

किसी तरह अपने सोच-विचार को परे धकेल, मैंने रसोई समेटी और बिस्तर पर आकर पड़ रही। दबी-दबी सिसकियों की आवाज़ सुनकर देखा सुम्मी तकिये में मुंह गड़ाकर रो रही है। मैं उठकर उसके पास गई और प्यार से उसके सिर पर हाथ फेरती रही। उस छोटे से घर की चहारदीवारी में दुःख सहते-सहते हम लोगों का रिश्ता मां-बेटी का न रहकर सखियों का सा हो गया था। एक दूसरे की व्यथा हम लोग बिना कहे ही समझने लगी थीं।

"देख लली", मैंने उसे थपकते हुए कहा, "तू कुछ दिनों के लिए अपने मामा जी के यहां हो आ। और कुछ नहीं तो इस रोज़-रोज की चखचख से ही छुटकारा मिल जाएगा। बाहर रहेगी तो उतना ही मन अच्छा रहेगा।

"हमें कहीं नहीं जाना है।" उसने उसी तरह तकिये में मुंह छिपाए हुए कहा।

"क्यों नहीं जाना है ? भाभी हर चिट्ठी में तेरे लिए लिखती रही है। उन लोगों ने एक दो जगह बात भी...।"

"मां", सुम्मी एकदम उठ बैठी। नाइट लैम्प की रोशनी में उसका तमतमाया चेहरा साफ नज़र आ रहा था।" मां ! तुम्हें कसम है, जो तुमने किसी से मेरी शादी के लिए कहा। मैं कुंवारी रह जाऊंगी। तुम मेरे लिए चिन्ता मत करो।"

"लेकिन ऐसा हुआ क्या है ?"

"क्या हुआ है ? तुम्हारे लिए तो शायद कुछ नहीं हुआ है," उसने अजीब से लहजे में कहा, "पर तुम्हें पता है तुम्हारे इस पागलपन की वजह से आज तुम्हारा, मेरा, हम सब का कितना अपमान हुआ है ? क्यों जिस-तिस से मेरी शादी की चर्चा करती रहती हो ? क्यों कहा था तुमने दीदी से ? क्यों कहा था ?..." और देखते-देखते उसका चेहरा फिर आंसुओं से भीग उठा।

मैं तो एकदम जड़ होकर रह गई। मैं राजी से सुम्मी की शादी की चर्चा करूंगी ? वह कौन सी पुरखिन हो गई है ?

लेकिन तभी वह प्रसंग याद आ गया जब राजी से पिछली मुलाकात हुई थी। नवरात्र में रोज मन्दिर जाने का मेरा नियम था।

वह शायद अपनी सहेलियों के साथ दर्शनों के लिए आई हुई थी। मुझे देखा तो दौड़ी आई और इतने लोगों के बीच मेरे पांव छू लिए। संकोच और ममता से भरकर मैंने तो उसे अपने से भींच ही लिया। आसपास दुरती हुई आंखों का भान हुआ तब मैंने धीरे से उसे अपने से अलग किया। अपने दोनों हाथों से मेरे कन्धे पकड़कर वह देर तक मुझे देखती रही।

"क्या बात है चाची ? बीमार थी क्या ? कितनी दुबली हो रही हो ? किसी को दिखाया भी था...?"

देखते-देखते वह बचपन वाली राजी बनी जा रही थी और मुझे रोना आ रहा था। उसे बीच ही में टोककर मैंने कहा, "मुझे कुछ नहीं हुआ है। लली, बहुत दिनों बाद देख रही हो न, इसीलिए ऐसा लग रहा है।"

"बेकार की बातें रहने दो चाची ! तुम सचमुच बीमार हो और छिपा रही हो। इतनी दुबली तो तुम कभी नहीं थीं। बताओ, मेरे सिर पर हाथ रखकर कहो कि तुम बिलकुल ठीक हो।"

"दो-दो लड़कियां घर में बैठी हैं—यह मेरे मर जाने के ही तो दिन हैं, क्यों ?" मैंने प्यार से उसके गाल थपथपाते हुए कहा।

"यही तो अन्याय है। सारी चिन्ता तुम लोग अपने सिर पर ले लेती हो और फिर लड़कियों की हालत देखो क्या हो जाती है ?" और उसने अपने भरे-पूरे शरीर की ओर देखकर मुंह बिचका दिया।

लौटते हुए सारे रास्ते मेरी आंखों के सामने राजी का गदराया बदन और खिलाखिला चेहरा घूमता रहा। और मेरी सुम्मी ? दिनभर घर की चहारदीवारी में कैद, मां की गृहस्थी का भार ढोती हुई, मां का दुख बटाती हुई सूखती जा रही है, कुम्हलाती जा रही है...।

और सुम्मी कहती है मैंने राजी से सुम्मी की शादी की बात की थी ? शायद मज़ाक़ में कही हुई उस बात में अनजाने ही मेरी व्यथा मेरी चिन्ता उभर आई थी ?

मुझे ज्यादा सोचना नहीं पड़ा। कुछ शान्त होने पर खुद सुम्मी ने ही धीरे-धीरे सारी बात बतला दी।

मुझसे मिलने के बाद राजी ने एक दिन दद्दू से चुपचाप कह दिया था कि चाची सुम्मी की शादी की चिन्ता में सूखती जा रही है। दद्दू खुद भी चिंतित थे, पर एक बार अपमानित हो जाने के कारण इस झमेले में पड़ना नहीं चाहते थे।

इस बार राजी को देखने जो लड़का आया था, वह शहर में अपनी फूफी के यहां ही रुका हुआ था। शाम को जो लोगबाग आये थे उनमें लड़के का फुफेरा भाई भी था—वही स्वेटर वाला। सब लोगों के साथ यह बात उठी कि यह लड़का सुम्मी के लिए ठीक रहेगा।

योगेश पर मेहमानों का भार छोड़कर दद्दू चुपचाप पिछले रास्ते सुम्मी को बुलाने आए थे। वे जानते थे किसी और के बुलाने पर वह आयेगी नहीं है।

सुम्मी को सीधे ड्राइंगरूम में ले गए। सबसे परिचय करवाने के बाद उसे राजी के पास बिठा दिया गया था। राजी ने फुसफुसाकर उसे बता दिया था कि वह स्वेटर वाले को अच्छी तरह देख ले।

यहां तक तो सब ठीक ही हुआ था। उन लोगों के जाने के बाद सुम्मी आने ही लगी थी कि राजी ने हाथ पकड़कर रोक लिया था। बरसों बाद मिली थीं वे, और उन लोगों के सामने बातचीत ज़रा नहीं हो पाई थी।

गपशप और नाश्ते में दोनों बहनें डूबी हुई थीं कि सामने वाले कमरे से सास-बहू की बातचीत सुनाई दी, "लड़की तो लाकर दिखा दी, पर यह भी सोचा है कि कितनी ऊंची उड़ान है—" जीजी कह रही थी, "लेना-देना तो अलग उन लोगों के रुतबे के लायक़ इत्रपान भी हो सकेगा ? वे दिन गए जब लोग खानदान भर देखकर लड़की ब्याह लेते थे।"

"तो परवाह क्या है माता जी ?" योगेश की बहू ने कहा, "जब ताऊ जी ने इतना धर दिखाया है तो शादी कर पाने का ज़िम्मा भी उनका ही रहा।"

दद्दू शायद आसपास ही कहीं थे। गरज कर बोले, "बह, शादी का ख़र्च चाहे सुम्मी के ताऊ जी उठायें या उसके पिताजी तुम्हारे पीहर से कुछ नहीं मागेंगे। इतमीनान रखो।"

इसके आगे सुम्मी नहीं सुन सकी थी और राजी का हाथ छुड़ाकर भाग आई थी।

सारी बात सुनकर समझ में नहीं आया कि मुझे खुश होना चाहिए या उदास। दद्दू के लिए ज़रूर श्रद्धा उमड़ आई। अपनी लाड़ली नाज़ोंपली बहू को आज उन्होंने मेरी सुम्मी के लिए कठोर शब्द कहे थे। यह जानकर खुशी तो हुई पर डर भी लगा। उस घर का वातावरण इस घटना के बाद कैसा होगा, इसकी कल्पना की जा सकती थी। ग़नीमत थी कि नीचे वाली नर्स बाई इन दिनों छुट्टी पर थी। नहीं तो घर में तूफ़ान उठे बिना नहीं रहता। नर्स बाई जानती थी कि देवर-भाभी को लड़वाना कितना आसान है। मुफ्त का तमाशा देखने में किसी को क्या ऐतराज़ हो सकता है !

पांच-छः दिन बाद योगेश आया। चाचा जी तो घर पर नहीं हैं न ? उसने बाहर ही से पूछ लिया था।

"चाची ! उन लोगों का सन्देश आ गया है। उन्हें सुम्मी पसन्द आ गई है, आप लोग क्या कहते हैं बताइये ?" उसने बैठते ही शुरू किया।

खुशी के मारे मैं मूक सी हो गई। उसने मेरी चुप्पी का दूसरा अर्थ लेते हुए कहा, "लड़का जल्दी से आप को दिखाया नहीं जा सका, लेकिन वे लोग यहीं के हैं—किसी भी दिन देख आइएगा। फ़ोटो यह रहा। लड़का डॉक्टर है। प्रैक्टिस अभी जमी तो नहीं है पर पिता की रेप्पूटेशन अच्छी है, जल्दी ही चलने लगेगी। आपने डॉक्टर अवधबिहारी का नाम सुना है न? उसी का लड़का है।"

"लड़का तो अच्छा है भैया। फिर दद्दू खराब थोड़े ही देखेंगे।"

"ये आप कह रही हैं। हमारे यहां आकर सीखिये नुक्स कैसे निकाले जाते हैं?" उसने कहा।

"क्यों, क्या हुआ? लड़का तो अच्छा था। मैंने खिड़की से देखा था।"

मैंने अपनी ताक-झांक वाली बात कह दी और झेंप गई। पर योगेश अपनी ही धुन में था, बोला, "इस बार जानती है क्या बात हुई? लड़के का इनटेलेक्चुअल स्टेंडर्ड नहीं जमा मेम साहब को। वह मिलेट्री का जवान है, बी-एस० सी० पास है। पर इनकी तरह लेक्चर नहीं झाड़ता है न। इसीसे इन्हें पसन्द नहीं आया। मैंने तो चाची, आज ही दो दर्जन जूतों का आर्डर दे दिया है।"

राजी पर इतना ग़ुस्सा आया। पिता और भाई पांच साल से परेशान हो रहे हैं पर इनके मिज़ाज ही नहीं मिलते। मेरी सुम्मी की सी दशा होती तो पता चलता।

रात मैंने किस उत्साह से इन्हें यह ख़बर सुनाई। इस बार जूठन वाला मामला नहीं था। लड़का सुम्मी के लिए ही देखा गया था। फिर भी इन्हें बिगड़ना था सो बिगड़े भी।

"वाह। बड़ी जल्दी याद आया कि लड़की के बाप भी है उसे कसना चाहिए। उनसे कहो इतना किया है तो कन्यादान भी कर दें...हूं ह! लड़की उन्हें पसन्द आने से ही हो जाएगा। हमें भी तो लड़का पसन्द हो।"

"लड़का अच्छा है, मैंने देखा है। शहर ही में तो है। आप जाकर देख आइए। पर घर आया इतना अच्छा रिश्ता मैं जाने नहीं दूंगी।" मैंने अनुनय के स्वर में कहा।

"जाकर देख आने से ही सब कुछ हो जाएगा ? और उन लोगों ने मुंह फाड़कर कुछ मांगा तो क्या करू ? घर लौट आऊं या नदी में डुबकी लगा जाऊ ?"

उस दिन पहली बार मन में उनके लिए तिरस्कार जागा। जब भी कोई समस्या सामने आई कि मरने जीने की बातें करने लगेंगे। लेकिन हर बार की तरह यह समस्या तो समाप्त होने वाली नहीं थी। यह तो लड़की की तरह दिनों-दिन बढ़ती ही जाती। उस दिन मैंने खूब जली-कटी सुनाई। न बच्चों का खयाल किया। न पड़ौसियों का। पर इतने दिनों से संचित सारी रोष उंड़ेल देने के बाद भी मन हल्का नहीं हुआ, उल्टे और भारी हो गया।

"यह घर बेच दीजिए। एक बार वह घर से चली जाए तो मैं बच्चों को लेकर सड़क पर भी रह लूंगी।"

मैंने आख़िर में कहा, पर कहते याद आया, यह घर भी कहां अपना था ! आधे से ज्यादा तो रहन पड़ा था।

थक हार कर मैं जाकर अपने बिस्तर पर लेट रही। क्या पाप किया था मैंने जो ज़िन्दगी भर इस अकर्मण्य आदमी के पल्ले बंध गई थी ? ग़रीबी से मुझे डर नहीं लगता। अपने पति का साथ हो तो झोंपड़ी भी अच्छी लगती है, नमक-रोटी में भी स्वाद मिलता है। फिर दसवीं तक पढ़ी हुई थी मैं। इनकी रईस खयाली आड़े नहीं आती तो गृहस्थी का बोझ उठाने के लिए नौकरी भी कर सकती थी। दुःख का बोझ अगर बांट लिया जाए तो इतना भारी भी नहीं लगता। पर इन्होंने जिन्दगी भर क्या किया ? सिर्फ दूसरों को कोसा ही है। कभी दद्दू को कि उन्होंने ठग लिया मुझे, इसलिए कि मेरे आते ही लक्ष्मी उनसे रूठ गई थी। कभी बच्चों को कि वे अपने साथ भूख और बीमारी के अलावा कुछ नहीं लाए। जीवन में एक तो ऐसा काम करके दिखाते कि मैं गर्व से सिर उठाकर चलती ?...

एक दिन सुबह-ही-सुबह मुनीश ने ख़बर दी कि दद् आ रहे हैं। हम लोग रसोई में चाय पी रहे थे। बाहर वाले कमरों में बिस्तर फैले हुए थे। मैंने और सुम्मी ने जल्दी बिस्तर समेटे। तब तक दद्दू ऊपर आ गए। बगुले के पंख सी

धोती-कुर्ता पहने माथे पर चन्दन का टीका लगाए। सीधे मन्दिर से आ रहे थे शायद। मैंने सिर पर पल्ला लेकर उनके पांव छुए और इन्हें बुलाने भीतर गई। जंगी व अंडरवीयर पहने ये चूल्हे के पास मजे में ताप रहे थे। मन-ही-मन भाइयों की तुलना कर डाली और विषाद से भर उठी।

"बाहर दद्दू बैठे हैं।" मैंने पाजामा पकड़ाते हुए कहा, "और ज़रा ढंग से ही बोलना।" उनके गुस्से की परवाह किए बिना मैंने समझाया।

वे कमरे में चले गए। मैं दरवाजे से कान लगाये खड़ी रही।

"योगेश मिला था ?" दद्दू ने सवाल किया।

"जी हां।"

"उस रिश्ते के बारे में क्या तय किया तुमने ?"

"जी मैंने योगेश को बता दिया था। लड़का हमें पसन्द नहीं है।"

मैं तो दंग रह गई। इन्होंने बाहर ही बाहर इस तरह जवाब भी दे दिया और मुझे बताया तक नहीं। दुःख और क्रोध से मेरा सारा शरीर कांपने लगा।

उधर दद्दू ने प्रश्नों की झड़ी लगा रखी थी। "किसे पसन्द नहीं है ? तुम्हें ? बहू को या सुम्मी को ? नापसन्द करने जैसा उसमें क्या है ? रंग-रूप, विद्या, बुद्धि, कुल, गोत्र किस चीज़ में तुम्हें दोष नज़र आया ?"

जीवन में पहली बार मैंने दद्दू के सामने बोलने का साहस जुटाया, "जी लड़के में तो रत्ती भर भी दोष नहीं है। इतने ऊंचे घर में सम्बन्ध करने से संकोच हो रहा था इसीसे...।"

"तो हमारा घर नीचा है ?" दद्दू गरजे, "रही दान-दहेज की बात तो कोई उनके दरवाजे तक गया भी है पता लगाने ?"

"वे दान-दहेज न भी लें तब भी यह शादी नही हो सकती। मेरी इतनी हैसियत नहीं है।" बड़ी देर बाद इन्होंने मुंह खोला।

"तुम अगर सोचते हो कि कोई नारियल-सुपारी के साथ तुम्हारी बेटी ब्याह कर ले जाएगा तो भइये, हिन्दुस्तान में अभी पचासों साल तक वह दिन नहीं आएगा।" दद्दू ने कहा।

"जी मैं चाहता भी नहीं कंगालों की तरह शादी करना। बस ज़रा सुविधा

जुटा रहा हूं।"

"तुम जिस तरह से सुविधा जुटा रहे हो उसके इन्तज़ार में तो लड़की बूढ़ी हो जाएगी। भइये, फूस की आग पर तापना बड़ा मुश्किल है। जुआ, चाहे सरकारी लौटरी का हो या मटके का—किसी का घर नहीं भरता। मैंने लोगों को रातोंरात कंगाल होते देखा है।" भावावेश में उनका गला भर आया। वे शायद और भी कुछ कहते पर इनके तमतमाये चेहरे को देखकर चुप रह गए। पत्नी के सामने इस तरह अपमानित होना इन्हें शायद अच्छा नहीं लग रहा था।

"खैर, जैसे भी तुम ठीक समझो। बहू ! ये पासबुक रखो। ये पैसा सिर्फ़ सुम्मी की शादी के लिए ही रख छोड़ा था। यह रिश्ता पसन्द नहीं तो कोई बात नहीं, दुनिया में और भी लड़के हैं। लेकिन सिर्फ पैसों की तंगी के कारण लड़की को ज्यादा दिन तक घर में बिठाकर तो नहीं रख सकते हम।"

उन्होंने पासबुक तिपाई पर रखी ही थी कि ये कड़े स्वर में बोल उठे, "ये आप ले जाइए। ग़रीब सही हम लेकिन भिखारी नहीं हैं।"

"मैं भी कोई महात्मा नहीं हूं जो तुम्हें दान दे रहा हूं।" दद्दू ने भी कड़ककर जवाब दिया, "गांव का मकान बेचकर जो रुपये हाथ आए थे—उनमें से आधे तुम्हारे नाम पर डाल दिए थे। उन पर तो अपना अधिकार मानते हो कि नहीं ?"

"आपने तो बतलाया था कि वह मकान अस्पताल के लिए धर्मार्थ दे दिया है," ये बोले।

"अभी कहा न कि मैं कोई धर्मात्मा नहीं हूं, व्यापारी आदमी हूं। इतती बड़ी हवेली यूं ही दान कर दूं ऐसा सन्त नहीं हूं।"

"ये बात मुझसे छिपाये रखने की क्या ज़रूरत थी ?" इन्होंने खीज कर पूछा। पर दद्दू ने कोई जवाब नहीं दिया। गोद में रखी टोपी सिर पर रखकर सीढ़ियां उतरने लगे और जवाब देने की ज़रूरत क्या थी ? क्या ये स्वयं ही अपने प्रश्न का उत्तर नहीं थे ? कांपते हाथों से मैंने पासबुक उठा ली।

उसमें रुपया जमा करने की तारीख़ उसी महीने के अगले माह की थी जिस महीने में हम लोगों का बंटवारा हुआ था।

घर

पिण्टू ने पिल्ले को इतनी बेरहमी से ज़मीन पर दे पटका कि दीपू का नन्हा-सा मन करुणा से पसीज उठा। इच्छा हुई कि पिण्टु को कसकर एक झापड़ लगाए। पर पिल्ले को गोद में समेटते हुए, उससे बस इतना ही कहते बना, "ऐसे मारा जाता है कहीं। गूंगा जानवर है बेचारा। देख लेना, भगवान जी तुम्हें खूब पाप देंगे।"

लेकिन इतनी-सी बात पर भी दोनों भाई-बहन उस पर चढ़ बैठे, "बड़ा आया भगवान जी का भगत। हमारा पिल्ला है, हम मारेंगे। हज़ार बार मारेंगे। मार डालेंगे, तुम बीच में बोलने वाले कौन होते हो।"

दीपू का सारा आवेश ठण्डा पड़ गया। पिल्ला कब उसके हाथ से छिन कर पारूल के पास चला गया, इसका भी उसे होश न रहा। किसी अनाम दुःख से सुबकता हुआ वह मम्मी के पास दौड़ गया। उनकी गोद में मुंह छुपाते हुए बोला, "मम्मी, हमें भी एक कुत्ता ला दीजिए न। प्लीज़।"

मम्मी हस्बे-मामूल किताब पढ़ रही थीं। दीपू की गुहार उनके कानों तक पहुंची ही नहीं। खीज कर उसने किताब खींच ली।

"क्या है रे ! क्यों तंग कर रहा है ?" मम्मी चीख़ीं।

पढ़ते समय कोई परेशान करे तो उन्हें बहुत गुस्सा आता है, पर दिन भर ही तो पढ़ती रहती हैं। अपनी बात कोई कहे भी तो कब ? कालेज क्या जाने लगी हैं, दीपू की तो मुसीबत हो गई है !

"अब बोल न, क्या बात है ?"

"हमें एक कुत्ता चाहिए," उसने कुनमुनाते हुए अपनी फ़रमाइश पेश की।

"लकी है तो।"

"वह तो पिण्टू का है।"

"तो क्या सबके लिए अलग-अलग कुत्ते आएंगे। वह अकेला ही तो घर भर की नाक में दम किए रहता है।"

"लेकिन पारुल पिण्टू हमें छूने भी नहीं देते। हमें तो अपना वाला चाहिए।"

"चाहिए तो, पर रखोगे कहां ? अपना सिर छुपाने के लिए तो ढंग की जगह नहीं," मम्मी ने भुनभुना कर कहा।

दीपू ने अपने चारों ओर देखा। मम्मी ठीक ही तो कहती हैं। कित्ता छोटा-सा तो कमरा है। वो तो दीपू की खटिया दिन भर मम्मी के पलंग के नीचे बनी रहती है। नहीं तो हिलने की भी जगह न रहे। नानी का पूजा वाला कमरा तो है। उनकी खाट और ठाकुर जी तो अब स्टोर में पहुंच गए हैं। नहीं तो शायद इसी कमरे में उनकी खुल्ल-खुल्ल खांसी भी रात भर सुननी पड़ती।

मम्मी तो फिर से अपनी पुस्तक में खो गई थीं। दीपू उनकी गोद में पड़ा-पड़ा सोचता रहा। फिर कुछ देर बाद ऊब कर बाहर चला आया। कम्पाउण्ड में पिण्टू के दोस्त जुड़ आए थे। शायद क्रिकेट खेलेंगे। अपमान का घाव ताज़ा था, इसीलिए वह चुपचाप बरामदे में खड़ा निमन्त्रण की राह देखता रहा। लेकिन पिण्टू के पास ढेर-से साथी थे, वह नक्कू क्यों बनने लगा। उनका खेल मजे में शुरू हो गया—फिर वहां खड़े रहना दीपू को बड़ा दयनीय-सा लगने लगा।

वह हाल में चला आया। गोल मेज़ पर ढेर सारी पत्रिकाएं पड़ी थीं। उन्हें लेकर वह सोफ़े पर बैठ गया और तसवीरें देखने लगा। सब का बच्चों वाला पेज उसने पढ़ डाला, कविताएं रट लीं, पहेलियों के उत्तर याद कर लिए। अब कोई कुछ पूछेगा तो पिण्टू और पारुल मुंह ताकते रह जाएंगे। "राजा बेटा" तो दीपू ही बनेगा।

"श्शू-शू दीपू जी, सोफ़े पर पैर लेकर नहीं बैठते। कितनी बार मना किया है।"

उसने चौंक कर देखा—मामी जी पता नहीं कब कमरे में आ गई। थीं।

पता नहीं कब उसने पैर ऊपर कर लिए थे, अनजाने में ही हो जाता है सब। वह चुपचाप बैठा अपराधी भाव से मामी जी को देखता रहा, जो यहां-वहां से क़ाग़ज़ के टुकड़े बीन रही थीं।

"मामी जी," उसने साहस बटोरते हुए कहा, "पिण्टू हवाई-जहाज़ बना रहा था। यह कचरा उसी का फैलाया हुआ है।"

"कोई भी फैलाए बेटा, डांट तो हमी को खानी है।" मामी जी ने कसैले स्वर में कहा तो उसे लगा व्यर्थ ही अपनी सफ़ाई देता रहा वह। मामीजी को आजकल उसकी कोई भी बात अच्छी कहां लगती है। पहले वाला लाड़-प्यार जाने कहां चला गया!

होता क्या है कि बच्चे चाहे लड़ाई करें, चाहे शरारत, नानीजी उसका पक्ष ले लेती हैं और डांट पड़ती है पिण्टू पर, पारुल पर। मामाजी भी अपने बच्चों को ही घुड़क देते हैं। उससे कोई कुछ नहीं कहता। इसीलिए हर बार मामीजी का मुंह फूल जाता है। बच्चे भी उससे कट जाते हैं। इससे तो अच्छा है, थोड़ी डांट पड़ जाया करे। तब इतना अकेला तो नहीं पड़ जाएगा वह।

इससे तो सचमुच गांव में अच्छा लगता था। डांट पड़ती तो सबको एक साथ, दादाजी खुश हो जाते तो सबको एक-एक चवन्नी इनाम मिलती। तब कुल्फ़ी वाले की राह देखने में कितना मज़ा आता। दूर से उसकी साइकिल की घण्टी बजती और सब दौड़ पड़ते।

यहां तो कुल्फ़ी का नाम भी ले लो तो ग़ज़ब हो जाए।

गांव में सचमुच आनन्द था। ख़ूब लम्बा-चौड़ा घर। दूर-दूर तक फैले खेत। बच्चे कहां समा जाते, पता ही नहीं चलता। मज़े से कुएं पर नहा रहे हैं, गन्ना चूस रहे हैं, पेड़ से कच्ची अमिया तोड़ रहे हैं—कोई रोकता नहीं था। न दिन भर जूते-मौजे पहनने की बन्दिश थी, न बार-बार "सॉरी" और "थैक्यू" कहने का झंझट। डाइनिंग-टेबल पर करीने से बैठकर तमीज से खाना खाने का सिर-दर्द भी नहीं था। बस, जब भी भूख लगी, दादी के गले में बांहें डाल दीं, या ताईजी की साड़ी से लिपट गए। फ़ौरन मम्मी को हुक्म हो जाता और वह

चुपचाप थाली लगाकर ले आतीं।

यहां तो डांटने ही लगती हैं, "जाने कौन-से अकाल से चला आया है। दिन भर भूख-भूख ही चिल्लाया करेगा।" अब उसे बार-बार भूख लग आती है, तो वह क्या करे!

अंग्रेजी स्कूल की समस्या न होती तो वह गांव में ही बना रहता। मम्मी चाहे यहां चली आतीं। यहां उसे जरा अच्छा नहीं लगता। मम्मी सुबह कालेज चली जाती हैं, दिन भर या तो पढ़ती हैं या बुनाई लेकर बैठ जाती हैं। पापा को लम्बी-लम्बी चिट्ठियां लिखने का काम और पाल लिया है। अब दीपू को भूख लगती है, तो वह किससे कहे! मामीजी के पास जाने की हिम्मत नहीं पड़ती। नानी मां लाड़ तो सब करती हैं, पर उनसे होता-हवाता कुछ नहीं। बस बैठे-बैठे आर्डर दिया करती हैं। मम्मी ने तो जैसे किचन में जाने की क़सम ले रखी है। यह भी नहीं होता कि एकाध बार नानी की चाय ही बना दें।

कभी कभार मम्मी रसोई में चली जाया करें तो दीपू की भी पहुंच वहां हो जाए। कितने दिन हो गए हैं, उसे आटे की लोई से चिड़िया बनाए हुए। भिण्डी के ढंठलों से दीवार पर चित्रकारी करना भी वह जैसे भूलता जा रहा है। ताज़े उबले आलू में नमक लगा कर खाने की बड़ी इच्छा होती है, पर मन मार कर रह जाता है। कढ़ाई में सिकते हुए मूंगफली के दानों की सुगंध से उसके मुंह में पानी भर आता है। पिण्टू उसके हिस्से के चार-छह दाने उसे पकड़ा भी जाता है, पर उससे मन कहां भरता है। मन में तो यही लगा रहता है कि इस पिण्टू के बच्चे ने ज़रूर बेईमानी की होगी।

नारियल की गरी कसने के बाद जो सफेद-सफेद-सा मीठा हिस्सा बच रहता है, घर पर हमेशा उसके ही हिस्से में आता था। पर यहां तो तीन-तीन दावेदार मौजूद हैं। उसे पिण्टू की तरह झपटना भी तो नहीं आता। मम्मी का डर बना रहता है। फिर "पेटू" कहलाने की चिन्ता भी हमेशा सिर पर सवार रहती है। सोफ़े पर पांव रख दो तो लोग कैसे-कैसे देखने लगते हैं। फिर खाने के लिए ज़िद करना तो बहुत बड़ी बात है।

होमवर्क करते-करते वहीं बिस्तर पर पसर गया था वह। थोड़ी देर बाद आंखें खुलीं तो देखा मम्मी शीशे के सामने खड़ी जूड़ा बांध रही हैं।

"कहां जा रही हो मम्मी ?"

"जाना कहां है रे, यूं ही घूमने।"

"हम चलें ?"

"चलो।"

फटाफट तैयार होकर वह बाहर आया तो देखा पिण्टू और पारुल मम्मी से झूल रहे हैं, "बुआ पार्क जा रही हो। हम भी चलेंगे।"

और बस मम्मी ने "हां" कर दी। दोनों उछलते हुए कपड़े बदलने चले गए। इतना गुस्सा आया उसे। "मना क्यों नहीं कर दिया ?" उसने मुंह फुलाकर कहा।

"अरे वाह ! ऐसे मना करते बनता है पगले !"

"हमसे कुट्टी है दोनों की।'

"दिन में दस बार तो तुम्हारी कुट्टी होती है। अच्छा चलो, हम दोस्ती करवा देंगे।"

दोस्ती हो तो गई, पर घूमने का सारा मजा किरकिरा हो गया। थोड़ी देर को मम्मी के साथ एक अलग दुनिया बसाने की सोच रहा था। सब चौपट हो गया। अब पूरे रास्ते पिण्टू पटर-पटर वोलता जाएगा। पारुल तो ऐसे चिपट जाएगी जैसे उसकी अपनी मम्मी हो। पार्क में मम्मी कहानी भी सुनाएंगीं तो पारूल गोद में चढ़ी रहेगी।

सबसे ज्यादा मुसीबत यह है कि ये लोग साथ में होते हैं तो मम्मी कुछ भी नहीं खिलातीं। घर पर तो कभी जी भर कर खा नहीं पाता दीपू। पार्क में ज़रूर थोड़ी-सी ज़िद कर लेता है। मम्मी फिर कभी-कभार ले भी देती हैं। पर ये लोग साथ में होते हैं तो झट घर चुगली कर देते हैं। न भी करें तो अगले ही दिन किसी का गला खराब हो जाता है, तो किसी का पेट। बस, मामाजी फ़ौरन ताड़ जाते हैं। "कल बुआजी के साथ पिकनिक मनी होगी। क्यों ?" वह कहते हैं और लगे हाथ मम्मी को भी एक हल्की-सी डांट पिला देते हैं।

पता नहीं कैसे लोग हैं ? ज़रा-सा कुछ हज़म नहीं कर सकते। दीपू को खिलाकर देखे कोई। सच, पापा में यह बात अच्छी है। खूब खाएंगे—खूब खिलाएंगे। मम्मी टोकेगी तो डांट देंगे–खाने दो उसे, अपनी तरह नाज़ुक-मिजाज़ मत बनाओ।

अब तो पापा भी चाट-पकौड़े खाने के लिए तरस गए होंगे। वहां तो ये सब चीजें क्या मिलती होंगी। वैसे उस दिन तो मामाजी बतला रहे थे कि अब तो लन्दन में ढेर सारे हिन्दुस्तानी होटल खुल गए हैं। सब तरह का खाना मिलने लगा है। मतलब पापा वहां भी मज़े कर रहे होंगे और दीपू यहां हिन्दुस्तान में भी कुछ चीजों के लिए तरस गया है।

पार्क में गीली घास पर बैठा वह यही सब सोचता रहा और कुढ़ता रहा।

"पापा कब आएंगे मम्मी ?" रात को उसने रोज की तरह मम्मी की गोद में दुबकते हुए पूछा।

"क्या पता कब आएंगे ? मैं तो इतना बोर हो गई हूं।"

"कहीं चलो न मम्मी।"

"कहां चलेंगे बेटा ?" मम्मी ने हताश स्वर में कहा। सच तो था, कहां जाएंगे ! मौसी के यहां अभी पिछली छुट्टियों में ही तो होकर आए हैं। बार-बार जाना क्या अच्छा लगता है। फिर ?

ले-देकर एक गांव ही रह गया है। दीपू की तो वहां मौज रहती है। पर मम्मी बेचारी बड़ी परेशान हो जाती हैं। कहने को इतना बड़ा घर है, पर ढंग का एक कमरा भी नहीं। न बिजली है, न नल, बस गर्मी में तपते रहो। पानी तो ख़ैर महरी लाती है, पर ढंग का बाथरूम तो हो। मम्मी हर बार अपना ट्रांजिस्टर ले जाती हैं, पर सुनने का समय ही नहीं मिलता। किताब तो वहां वह छूती तक नहीं। बस दिन भर ताईजी के साथ रसोई में घुसी रहती हैं या गांव की औरतों से घिरी दादी के पास बैठी रहती हैं। खूब आगे तक सिर ढके चुप-चुप रहने वाली यह मम्मी कितनी अजनबी-सी लगती हैं। कितनी बेचारी-सी।

न। अपनी खुशी के लिए मम्मी को परेशान नहीं करेगा वह।

"अपने घर कब चलेंगे मम्मो।"

"अपने घर पापा तो आ जाएं।"

"पापा कब आएंगे ?"

बस घूम फिर कर वही प्रश्न—पापा कब आएंगे मम्मी ?

आख़िर पापा की वह चिट्ठी आ ही पहुंची, जिसका इतनी बेसब्री से इन्तज़ार था। कितना खुश था दीपू उस दिन। सारे घर में नाचता हुआ। गा रहा था—अब तो हम अपने घर जाएंगे।

मामीजी से आख़िर न रहा गया। पूछ ही लिया, "दीपूजी यह घर किसका है फिर ? तुम्हारा नहीं है ?"

"न" उसने बेतक़ल्लुफ़ी से कहा, "यह तो पिण्टू लोगों का है। हमारा तो भोपाल में है।"

"भोपाल को भूल आओ बेटे। अब कलकत्ता की बात करो।" मामाजी ने पीठ थपथपा कर कहा। पर कलकत्ता की कल्पना उसे गुदगुदा न सकी। उसके मन-प्राणों में तो वही पुराना घर बसा हुआ था।

पापाजी को लिवाने मामाजी के साथ दीपू और मम्मी दोनों बम्बई गए थे। हवाई जहाज़ देखने की उसकी बरसों की तमन्ना पूरी हुई थी और वहां तो इतने ढेर सारे हवाई-जहाज़ थे। वहां उतने सारे लोगों में दूर ही खड़ा रहा। पापा को पहचान भी न सका। पास आने पर भी कुछ देर तो संकोच में दूर ही खड़ा रहा। आखिर पापा ने ही उसे गोद में उठा लिया, "कितना लम्बा हो गया है रे।" उन्होंने प्यार से उसे चूमते हुए कहा।

वह धीरे-धीरे पापा के गालों को छूकर देखता रहा। फिर धीरे-से बोला, "पापा ! अपन अब घर चलेंगे न ?"

पापा उसके लिए ढेर-सारे खिलौने लाए थे। फ़रवाला कोट, रंगीन स्वेटर, तस्वीरों वाली रंगीन किताबें खुशी का जैसे पूरा सामान ले आए थे। पर सबसे बड़ी खुशी थी तो बस घर जाने की। अपने घर जाने की।

पापा आए तो मेहमाननवाज़ी का एक लम्बा दौर शुरू हो गया। कभी

किसी के यहां खाने पर जाना है, तो कभी किसी के यहां चाय पर। दो-चार पार्टियां तो मामाजी ने ही दे डालीं। दीपू बुरी तरह बोर हो गया था। इन लोगों को दो साल से देखते-देखते तंग आ चुका था। अब कोई आकर्षण बाक़ी नहीं था। लगता था, पापा पता नहीं कितनी लम्बी छुट्टी लेकर आए हैं। घर चलने का नाम ही नहीं लेते।

मामाजी के यहां से चले तो सीधे गांव पहुंचे। वहां भी तो इन्तज़ार हो रहा था। दादी ने पता नहीं कितनी, कैसी-कैसी पूजा भाख रखी थी। गांव पहुंचते ही वह खटराग शुरू हो गया। मिलने वालों का यहां भी तांता लगा रहा। पापा इंग्लैण्ड क्या हो आए, जैसे अजूबा बन गए। दादी तो उन्हें ऐसे देखती कि बस। रोज़ शाम को नज़र उतारी जाती। मम्मी कोने में छिपकर हंसती रहतीं।

राम-राम करके चलने का दिन आया तो सबकी आंखें गीली हो रही थीं। पर दीपू का मन बल्लियों उछल रहा था। वह अपने घर जा रहा था। वहां मेज पर चढ़कर "हाइजम्प लगाएगा। बाल्कनी पर घुड़सवारी करके मम्मी को डराएगा, रेडियो के सुर में सुर मिलाकर गायेगा—ये सारे काम उसने कब से मुलतवी कर रखे हैं।

पर मम्मी के साथ उस कबूतरखाने में प्रवेश करते ही उसका मन बैठने लगा। "यह क्या मम्मी ? यह अपना घर नहीं है !"

"यही है बेटा। यह कलकत्ता है। यहां ऐसे ही छोटे-से घर में रहना पड़ेगा।"

धत् तेरे की। क्या सोचा था और क्या निकला ? दूसरे दिन ही ट्रक आ गया था।

धीरे-धीरे सामान खुलने लगा तो हर्ष और विस्मय से उसकी बांछे खिल गईं। वह हर चीज को सूंघता रहा। मम्मी छत पर गद्दे सुखाने लगीं, तो उन पर लोट-पोट होता रहा। दो साल तक बन्द रहने के बाद भी उसमें एक परिचित महक बच गई थी। यह महक, यह गन्ध दीपू के मन में सोई यादों को तरोताज़ा कर गई। मम्मी पर भी जैसे जादू हो गया था। दिन भर बनी-संवरी, लेकिन गुमसुम रहने वाली मम्मी गुनगुनाती हुई काम में जुट गई थीं। सलवटों पड़ी साड़ी

और बिखरे-बिखरे बालों में मम्मी एकदम घरेलू लग रही थीं।

पापा दनादन पैकिंग खोलते जा रहे थे। मम्मी सामान धो-पोंछकर जमाती जा रही थीं। दीपू उन दोनों के बीच फुदकता छोटे-मोटे काम कर रहा था।

शाम तक किचन सही शक्ल में आ गया था। ड्राइंग-रूम भी बैठने के लायक हो गया था। दोनों हाथ ऊपर उठाकर पापा ने एक लम्बी-सी जमुहाई ली और ऐलान कर दिया कि बाक़ी काम कल किया जाएगा। और यह भी कि रात का खाना होटल में खाएंगे।

एकदम घर में उत्सव का-सा वातावरण बन गया। उसके हाथ-मुंह खूब अच्छे-से धुलवा कर मम्मी ने उसे नये लन्दन वाले कपड़े पहना दिए और खुद नहाने चली गई। पापा वाश-बेसिन के सामने खड़े होकर 'शेव' बनाने लगे।

नाइट-सूट पहनकर शेव बनाते पापा उसे बड़े अपने-से लगे। उनका यह रूप तो वह भूलता जा रहा था। जब से आए थे पापा बढ़िया सूट में सजे-धजे ही घूम रहे थे। लोगों से धीमी-धीमी आवाज़ में बात करते पापा, नानी के सामने बड़े अदब-क़ायदे से रहने वाले पापा, उसे मेहमान-से ही लगे थे। गांव जाने पर सूट तो उतर गया था, पर लोग-बागों से घिरे, बुन्देली बोलते हुए पापा बड़ी दूर की चीज़ लगते। कभी दादी की गोद में सिर रखकर लेट जाते तो कभी ताईजी के पल्लू से हाथ पोंछने लगते—उस समय वे बिल्कुल बच्चों के से लगते, पापा तो बिल्कुल ही नहीं।

"सुनो।" मम्मी नहाकर आ गई थीं, "वह गीजर ठीक से काम नहीं कर रहा।"

"देख लूंगा अभी।"

"गैस कम्पनी को कल याद करके फोन तो कर दोगे न।"

"यस, बाय आल मीन्स।"

"दीपू के स्कूल का क्या करें? मिड सेशन के एडमीशन तो मिल जाएगा न?"

"देख लेंगे। ढेरों स्कूल हैं यहां। कहीं-न-कहीं तो मिल ही जाएगा।"

"कहीं-न-कहीं नहीं जी, अच्छा स्कूल चाहिए। अच्छा, दूध का क्या करेंगे ? डेरी वाले घर दे जाते हैं क्या ?"

"पड़ोस में पूछ लो।"

"काम के लिए भी किसी को तलाशना होगा। कोई छोकरा या आया।"

"ओफ्फ़ो। क्या यह सब आज की ही तारीख़ में तय हो जाना ज़रूरी है ?" पापा एकदम झल्ला पड़े, "और क्या हर काम मुझे ही करना होगा। कम-से-कम महरी का इन्तज़ाम तो तुम कर सकती हो। अड़ोस-पड़ोस में शरीफ़ लोग बसते हैं। जाकर पूछ लो।"

मम्मी तो एकदम सुबकने ही लगीं।

"ओफ्फ़ो।" पापा ने बेज़ारी से कहा और मम्मी के पास चले आए। एक गाल पर साबुन का झाग फैला हुआ, दूसरा सफ़ाचट। पेटीकोटब्लाउज़ के ऊपर तौलिया लपेटे मम्मी, शंकरजी की तरह बालों का जूड़ा बनाया हुआ। सच, देखकर इतनी हंसी आई दीपू को।

वह बाहर गैलरी में आकर देर तक हंसता रहा। मन इतना हल्का हो गया था।

घर अब सचमुच घर बनता जा रहा था।

उफान

पोस्टमैन की आवाज़ सुनकर मांजी बाहर आईं। दो चिट्ठियां थीं, दोनों ही बहू की थीं। एक उनके लिए, एक हरीश के लिए। हरीश का लिफ़ाफ़ा उन्होंने उसकी दराज में रखकर इतनी जोर से उसे बन्द किया, मानो अपना सारा रोष उसी निर्जीव लकड़ी के टुकड़े पर निकाल रही हों। फिर अपना वाला कार्ड टुकड़े-टुकड़े करके खिड़की से बाहर फेंक दिया। एक बार पढ़ा भी नहीं।

उनका बस चलता तो हरीश की चिट्ठी का भी वही हाल होता। शुरू-शुरू में दो-तीन चिट्ठियां उन्होने सचमुच ग़ायब कर दी थी। हरीश दफ्तर से लौटकर रोज दराज देखता, फिर चुप रह जाता। एक दिन आख़िर उसने कह ही दिया, "अम्मा, मैं दफ्तर के पते से चिट्ठियां मंगाया करू तो तुम्हें बुरा तो न लगेगा।"

हरीश एकदम अपने पिता पर गया है। वाद-विवाद के फेर में नहीं पड़ता। जो कुछ कहना है एक शब्द में कहकर चुप हो जाता है।

वे लेकिन शर्म से पानी-पानी हो गई थीं। अपने इस घुन्ने लड़के के सामने अपनी चोरी पकड़े जाने का अहसास उन्हें बहुत दिनों तक घेरे रहा था। तब से चिट्ठियां चुपचाप दराज में पहुंचने लगीं।

बहू की चिट्ठी को वह हवा पर सवार होकर इधर-उधर होते देखती रहीं। मुआ कार्ड जल्दी से उड़ता भी नहीं। इससे तो शाम को सिगड़ी के नीचे डाल देती तो ठीक था। पर उतनी देर भी उसे अपने पास रखने की उनकी हिम्मत नहीं पड़ी। लगता था, पास रहने पर वह पढ़ने का लोभ संवरण न कर पाएंगी। तब

बहू की शहद भीनी बात उन्हें अपने साथ बहा ले जाएगी।

अपनी मिठबोली बहू की याद आते ही मन न जाने कैसा होने लगा ? उसकी पहली चिट्ठी आई थी तब वह पूरे मौहल्ले में दिखाती फिरी थी। बहू के पीहर जाने पर इन्हीं चिट्ठियों के सहारे तो वह उनके पास बनी रहती। राम-श्याम के जन्म के बाद से तो उनका मोह इतना बढ़ गया था कि आठवें दिन चिट्ठी नहीं आती तो वे बेचैन हो उठतीं। हरीश के पास पत्र आता तो वे दिनभर घड़ी की ओर देखती रहतीं। दफ्तर से लौटकर हरीश ज्योही पत्र खोलता, वे वहीं पहुंच जातीं और अधीरता से पूछ बैठतीं, "क्यों रे, क्या लिखा है उसने ?"

तब हरीश बेचारा लड़कियों की तरह शर्म से लाल हो उठता और अपनी बेवकूफ़ी पर मांजी खुद ही झेंप जातीं।

बहुत पुरानी बातें तो नहीं हैं ये फिर भी लगता है पता नहीं कब का क़िस्सा है यह सब। पता नहीं उनकी ममता का, स्नेह का झरना एकाएक कैसे सूख गया ! बहू के भाई की शादी में क्या गईं कि अपनी सारी खुशी ही लुटाकर लौटी थीं वह।

कितनी मनुहार कर-करके बुलाया था समधीजी ने। कितने आदर मान के साथ स्वागत किया था, कैसी-कैसी ख़ातिर की थी। लौटीं तो कितना-कितना सामान दिया था !

नई भाभी के साथ कुछ रोज़ रह लेने के बहाने बहू वहीं दिल्ली में रह गई थी। मांजी और हरीश लौट आए थे। रात को पहुंच की चिट्ठी लिखते हुए हरीश ने पूछा था, "छाया के पापा को चिट्ठी लिख रहा हूं। तुम्हारी ओर से आशीष वगैरह तो लिख दिया है। और कुछ लिखवाना है।"

वे चुप।

"कब तक भेजने के लिए लिख दूं ?" हरीश ने फिर पूछा। वे जैसे फट पड़ीं—"लिख दे, अपनी लाड़ली को वहीं रख लें। यहां भेजने की कोई ज़रूरत नहीं है।"

हरीश सुन्न रह गया था।

"क्या बात है अम्मा ! किसी ने कुछ...मेरा मतलब है, तुम्हारा अपमान

किया है किसी ने ? मेरे खयाल से उन लोगों ने...क्या तुम्हारी खातिर में कुछ कमी रह गई ? लेने-देने में कुछ क़सर रह गई क्या ? हुआ क्या है आख़िर ?"

"लेने-देने में, ख़ातिरदारी में कमी क्यों होगी भला। बड़े आदमी जो हैं। पर हम भी कोई भिखारी नहीं हैं कि रुपयों से हमारी झोली भरकर वे हमें चुप कर देंगे।"

"भगवान के लिए, अम्मा कुछ बताओ भी !"

तब मांजी ने हरीश को सब कुछ बताया था। शादी में ढेर-के-ढेर रिश्तेदार इकट्ठे हुए थे। सब के तो नाम भी उन्हें याद नहीं। उन्हीं में से एक महिला ने उन्हें बतलाया था कि छाया का कॉलेज के किसी लड़के से प्रेम हो गया था। दोनों ने भागने की भी योजना बना ली थी। छाया तो स्टेशन पर पहुंच भी गई थी, पर लड़का ऐन मौक़े पर हिम्मत हार गया। और समय रहते छाया को घर लौटाया जा सका था। तभी न इतनी दूर जाके लड़की ब्याही है। और मांजी बेचारी अब तक इसी भ्रम में थीं कि उनके लड़के की कीर्ति इतनी दूर से लड़की वालों को खींच लाई है।

सारी बात सुनाने के बाद मांजी ने सोचा था कि हरीश उबलेगा, बिफरेगा, चीख़ेगा। पर ऐसा कुछ नहीं हुआ, वह उसी तरह शान्त बैठा रहा। मांजी जब जी भरकर दिल्ली वालों को कोस चुकीं, तब वह धीरे से बोला, "अब तुम्हारा क्या विचार है ?"

"विचार ? क्या होगा ?" उन्होंने हैरत से कहा, "सब कुछ जान लेने के बाद भला अब उस लड़की को घर में ला सकते हैं हम ? घर की बात कोरट-कचहरी तक जाय अच्छा नहीं लगता। पर दूसरा उपाय ही क्या है ? शादी से पहले पता चल जाता तो और बात थी।"

"मुझे पता था।"

"क्या ?"

"ठीक कह रहा हूं अम्मा। मुझे पता था। छाया ने ही खुद पत्र लिखकर मुझे सारी बातें बतलाई थीं।"

"और फिर भी तू उसे ब्याहने चला गया। उन लोगों की अमीरी का ऐसा

जादू चल गया तेरे ऊपर ?" आश्चर्य और दुःख के कारण उनसे बोला नहीं जा रहा था।

"जादू तो मुझ पर चल गया था अम्मा, पर उन लोगों के बड़प्पन का नहीं। दान-दहेज के बारे में तो मैंने उस समय सोचा भी नहीं था। मैं तो उनकी ईमानदारी का क़ायल हो गया था। जो बात बाद में चार शुभ-चिन्तकों ने चार तरह से मुझ तक पहुंचाई, वह बात सबसे पहले मुझे छाया ने ही बतलाई थी। सोचो तो, उसने कितना बड़ा ख़तरा मोल ले लिया था। इस अभागे देश की लड़की के लिए मैं सोचता हूं. यह बहुत बड़ी बात थी।"

अम्मा कुछ नहीं बोलीं। बस घृणा से मुंह बिचका दिया।

"और यह भी तो सोचो अम्मा, कोई डरपोक व्यक्ति अगर उसे समय पर धोखा दे गया तो इसमें उसका क्या दोष है ? किसी और की नालायक़ी की सजा वह क्यों उठाए ?"

"बस तू ही तो रह गया था न्याय करने के लिए। धन्य है रे लड़के !" और वह दोनों हाथों में सिर पकड़कर बैठ गई थीं। कमरे में एक भयानक चुप्पी छा गई थी। बड़ी देर बाद हरीश धीरे से बोला था, "चिन्ता मत करो अम्मा ! जब तक तुम नहीं कहोगी मैं उसे यहां नहीं लाऊंगा। तुमने मेरे लिए ज़िन्दगी में बहुत दुःख उठाए हैं। अब यह एक और दुःख, अनचाही बहू के साथ रहने का दुःख, मैं तुम्हें नहीं दूंगा।"

हरीश ने बात वहीं समाप्त कर दी थी। मांजी मन में कुढ़कर रह गईं। हीरे से लड़के की ज़िन्दगी बरबाद होने का दुःख उन्हें साल रहा था। धोखेबाज़ मिठबोले समधियों के लिए गुस्सा उबला पड़ता था। और बहू—उसके भोले-भाले रूप के पीछे यह चलित्तर छिपा होगा किसने सोचा था।

और इसी कुलक्षणी लड़की के लिए लड़का उनका पराया हो गया है। वह मुंह से कुछ नहीं कहता, उन्हें किसी तरह की शिकायत का मौक़ा नहीं देता। उनकी सुख-सुविधा का खयाल रखता है। हारी-बीमारी में सेवा-टहल में कोई कसर उठाकर नहीं रखता है। व्रत-उपवासों पर फल-फूल ले आता है। तीज-त्यौहारों पर, पर्वों पर मिठाई, दान-दक्षिणा का प्रबन्ध करना नहीं भूलता। पर

मां होकर वह क्या इतना नहीं समझतीं कि वह भीतर-ही-भीतर उनसे कट गया है। पहले की तरह अब वह लाड़ से उनकी गोद में आकर नहीं लेटता, अपनी पसन्द के नाश्ते की फरमाइश नहीं करता, खाना खाने के बाद उनके पल्लू से हाथ नहीं पोंछता...

सोचते-सोचते सिर भारी हो गया तो वे रसोई में आ गईं। अभी तीन ही बजे थे, पर वे शाम के नाश्ते की तैयारी में जुट गईं। रसोई में बरतन खनकते हैं तो उनका अकेलापन कुछ कम हो जाता है। इस अकेलेपन से उन्हें डर सा लगने लगा है। इसीलिए वह अकसर महरी से, दूध वाले से, जमादारिन से देर तक बतियाती रहती हैं। पर उन लोगों से भी ज्यादा देर बात नहीं हो पाती। घूम फिर कर सभी एक बात पर आ जायेंगे, "बहूरानी कब आ रही है ? मुन्ना बाबू कब आयेंगे ?"

तब लाड़ले राम श्याम की याद आ कर कलेजे में कैसा तो होने लगता है ? उन लोगों के रहते दिन कब कहां कैसे बीत जाता है पता ही नहीं चलता था। उनकी किलकारियां, बहू की चांदी की घंटियोंसी आवाज़ घर को कैसा भरा-भरा रखती थी। तब हरीश भी इतना चुप्पा नहीं रहता। अब तो अव्वल उसका पांव घर में टिकता नहीं। घर में रहेगा भी तो किसी किताब में सिर देकर बैठा रहेगा। कभी-कभी उसकी यह उदासी यह सूनापन देखा नहीं जाता। लगता है सारा रोष सारा अभिमान ताक पर रखकर कह दें, "जा, ले आ बहू को। मेरा क्या है ? एक कोने में पड़ी रहूंगी ठाकुर जी को लेकर। तुम राजारानी आराम से रहो।"

पर बात ओठों तक आते-आते कडुई हो जाती और वे प्रयास कर चुप ही रहतीं। मन-ही-मन कहतीं—"तू अपनी ज़िद का पक्का है तो मैं भी तेरी मां हूं। मैं क्यों अपनी बात ओछी पड़ने दूंगी..."

हरीश आया, सब्ज़ी का थैला रसोई में रखकर कमरे में चला गया। वह चाय बनाकर बैठी रहीं। बड़ी देर तक वह नहीं लौटा तो खुद ही नाश्ते की प्लेट और चाय का कप लेकर कमरे में चली गईं। वह पत्र पढ़ रहा था। उन्हें तो पत्र की बात याद ही न रही थी। मां को देखकर उसने लिफ़ाफ़ा दराज में डाल दिया

और चुपचाप नाश्ता करने लगा। मां का मन रखने के लिए उसने इधर-उधर की कोई बात छेड़ी थी पर बातचीत जम ही न पायी।

चाय पीकर वह फिर से बाहर जाने के लिए तैयार होने लगा तो उन्हें घबराहट होने लगी, "कहीं जा रहा है ?"

"हां अम्मा। और रात खाने पर इन्तज़ार मत करना।"

"क्यों ?"

"आज पार्टी है। अपना मनोज है न, वह विलायत जा रहा है।"

"अच्छा तो एक दिन अपने यहां भी बुला ले न उसे। तू तो उसका पक्का दोस्त है। सबसे पहला न्यौता तो तेरी ओर से ही होना चाहिए था।" हरीश का चेहरा क्षणभर को तो कैसा हो गया। धीरे से बोला, "दरअसल अम्मा, पार्टी मैं ही दे रहा हूं। घर पर ही बुलाना चाह रहा था, पर काफी लोग हैं। तुमसे सम्हल नहीं पाता—मतलब है कि तुम्हें तकलीफ़ होती इसीलिए..."

"होटल में पार्टी दे रहा है, यही न।" मां जी का मन हुआ कि लड़के को खूब खरी-खोटी सुनाएं। तक़लीफ़ का तो बहाना है। सच तो यह है कि अब अम्मा के हाथ का खाना भाता नहीं है। बहू की तरह विलायती खाना उन्हें थोड़ी ही आता है।

पर उन्होंने कुछ नहीं कहा। चुपचाप उसे तैयार होते देखती रहीं। मन हुआ कि पूछे कि जब घर पर खाना नहीं था तो ये ढेर-की-ढेर सब्ज़ी किसके लिए लाये हो ? पर यह भी नहीं कहा। बस बुत बनी बैठी रहीं।

हरीश के जाने के बाद घर और सूना लग उठा। शायद इसी सूनेपन की कल्पना से वे इतनी अधीर हो उठती थीं। दिन भर तो वह किसी तरह रह लेती हैं, पर शाम को खाली घर उन्हें काटने दौड़ता है। इस समय किसी के यहां जाना भी अच्छा नहीं लगता। सब के यहां चहलपहल होती है। सब के पास अपने-अपने काम होते हैं। सब के बीच में वे ही एक फालतू-सी लगती हैं। आज तो रात को खाने का भी कुछ झंझट नहीं था। फुरसत ही फुरसत थी। सारे घर की बत्तियां जलाकर बाहर जाकर दरवाज़े में बैठ रहीं, सड़क

की रौनक देखती रहीं।

"पाय लागी काकी"

उन्होंने चौंक कर सिर उठाया। मकान-मालिक की बहन कान्ता अपने छोटे बच्चे के साथ खड़ी हुई थी।

"अरे कान्ता बेटी। आओ आओ।" उन्होंने उल्लसित स्वर में कहा। इतनी लम्बी शाम काटने का एक सहारा-सा मिल गया था उन्हें। उसकी आवभगत करने में उससे बातें करने में काफी समय निकल गया।

"भैया नहीं लौटे क्या अभी ?" जरा देर बाद कान्ता ने पूछा, "भाभी नहीं है तो क्या दफ़्तर में ही बैठे रहते हैं ?"

मां जी को लगा जैसे किसी ने उनके मर्म पर ही चोट की है।

वो नहीं है तो क्या बूढ़ी मां तो बैठी है। उसके लिए तो समय पर आना ही पड़ता है। मुझे तो बिन्नी ज़रा देर हो जाए तो फ़िक्र होने लगती है।

"अभी-अभी तो बाहर गया है। किसी पार्टी में गया है," उन्होंने लम्बी-चौड़ी सफ़ाई दी।

"उनसे एक काम था। आप ही से कहे जाती हूं। सुबह शायद न आ पाऊं"

"बताओ।"

"आज के पेपर में एक स्कूल का विज्ञापन निकला था। खंडवा में है। आप लोग तो वहीं के हैं। अगर भैया किसी को जानते हों तो मेरे लिए कोशिश कर देवें।"

"तू नौकरी करेगी ?" माजी को इतना आश्चर्य हुआ। बड़े घर की बेटी है। खाते पीते घर की बहू है, इसे क्या गरज आ पड़ी।

फिर याद आया, पति तीन साल के लिए अमेरिका गये हैं। इसलिए अपने चारों बच्चों को लेकर वह पिछले साल से यहां आ गई है। अकेले समय नहीं कटता होगा। कान्ता से बोली, "नौकरी ही करनी है तो इतनी दूर जाने की क्या जरूरत है लल्ली। यहीं ढेर-सी नौकरियां मिल जायेंगी। सेठ जी तो कितनों को जानते-पहचाते हैं।

"यही तो बात है काकी।" मैं दादा से कहना नहीं चाहती। और मैं यहां नौकरी चाहती भी नहीं। कहीं बाहर ही मिले तो अच्छा। यहां रहकर अलग घर लेना भी अच्छा नहीं लगता।"

मांजी का माथा ठनका "क्यों री, कुछ खटपट हो गई है क्या भाभियों से ?"

"नहीं खटपट तो नहीं हुई ! पर, अब तुम से क्या छिपाना काकी ! लड़की तो मेहमान की तरह आये तो अच्छी लगती है। यूं हमेशा के लिए घर... ।"

"हाय-हाय, ऐसा कुबोल क्यों बोलती है। भगवान करे तू अपने घर में सौ साल तक राज करे। दो-तीन साल की तो बात है। अभी आये जाते हैं कुंवर जी।"

"ये तुम कह रही हो काकी ! पर उन लोगों को इतना सब्र कहां है ! उन्हें तो लगता है मैं हमेशा के लिए उनके गले पड़ गई हूं। तुम्हें क्या बताऊं घर में कैसा व्यवहार हो रहा है ? पुरुषों की तो आंखों में यह सब आता भी नहीं। मैं भी उन लोगों से कहने जाऊ अच्छा नहीं लगता।"

"जीजी कुछ नहीं कहती ?"

"अम्मा ! सबसे ज्यादा दुःख तो उन्हीं के कारण है। चुपचाप सब देखती रहती है पर कुछ नहीं कहती। उल्टे मुझी को सुनाती है कि तू तो कल को अपने घर चली जाएगी। मुझे तो इन्हीं बहुओं से निबाह करना है। मैं क्यों बुरी बनूं।"

बोलते-बोलते कान्ता का गला भर अया, मां जी की आंखें भर आईं। दूध वाले ने आवाज़ दी तो कान्ता की रामायण थोड़ी देर को रुकी। मां जी के हाथ में भरी हुई दूध की पतीली देखकर उसने फिर कहा, "दूध की ही बात लो काकी ! घर में दो भैंसे लग रही हैं, पर मेरे बच्चों के हिस्से में वह काढ़ा आता है चाय का। छोटके को भी एक गिलास दूध नहीं मिल पाता।"

"क्यों ? क्या होता है इतने दूध का ?'

"कमरों में पहुंच जाता है। रसोई में इतना-सा आता है। उसी से

दिन भर काम चलता है। यूं तो देवरानी-जिठानी दिन भर लड़ती रहेंगी पर मेरे वक्त बिलकुल मां-जाई बहनें बन जाती हैं। इससे तो ससुराल ही में रह जाती तो अच्छा था। पर इतनी बड़ी नाक ले आई थी। अब किस मुंह से जाऊ वहां।"

कान्ता के जाने के बाद भी बड़ी देर बाद तक उनका मन उदास बना रहा। कान्ता तो पीहर में थी और उसके पति सिर्फ़ कुछ सालों के लिए परदेस गये थे। उन्होंने तो पति के पीछे पूरे पन्द्रह बरस देवरानी के राज्य में बिताये थे। रसोई से लेकर जचकी तक कौन-सा ऐसा काम था, जो उन्होंने नहीं किया था। पर छोटी का मुंह हमेशा चढ़ा ही रहता। जिस-तिस से कहती फिरती, "हमें तो बहना दो-दो गृहस्थी पालनी होती हैं।"

देवर लेकिन सतजुगी थे, भाभी को पूजते थे। हरी को अपने सामने ही रखते, अपने साथ खाना खिलाते। पर वे ठहरे मर्द मानुस। वे क्या जानें कि किसकी दाल में घी है, किसकी रोटी चुपड़ी नहीं है, किसके दही में कितनी शकर है, दूध में कितना पानी पड़ा हुआ है ?

घर में नित नई चीज़ें बनतीं, उन्हें खुद ही खटकर बनानी होती थीं। पर हरीश को थाली में बस एकाध बार ही वे जातीं। बाकी सब छोटी के बच्चे चट कर जाते। कई बार चोरी छुपके मांजी ने बेटे को कुछ खिलाना चाहा तो उसने साफ़ इनकार कर दिया। बचपन से ही बड़े तेवर वाला था वह।

कॉलेज की पढ़ाई के लिए जब पहली बार शहर गया था हरीश तो चिन्ता के मारे मांजी खाट ही से लग गई थीं। छुट्टियों में जब वह लौटा तो उसके भरे-भरे गाल देखकर उनकी आंखें जुड़ा गई थीं। होटल का ही सही पर वह अपनी मर्जी का तो खा रहा है। रोज़ किसी की कड़ुई ज़हर बातें तो नहीं सुननी पड़तीं। हर कौर पर कोई टोकता तो नहीं है।

छोटी लेकिन जलभुन गई थी। और लोग तो घर छोड़ कर दुबला जाते हैं, पर इधर देखो। अरे हम तो पराये हैं। पर मां की तो याद आई होती।

सच, बहुत परेशान किया था उसने। बेटे के राज में इतना सुख मिला कि पिछला दुख-दर्द उन्हें भूल ही गया था। आज कान्ता की बातों से पुराने घाव फिर हरे हो गये थे। और उनका रोम-रोम छोटी को कोसने लगा। लाख दुश्मनी निभाई उसने, पर मेरे बेटे के भाग्य में विद्या थी, ओहदा था सो तो उसे मिलकर ही रहा। उसके अपने बेटे तो दसवीं तक भी घिसटते हुए पहुंचे हैं। मोहल्ले भर में कहती फिरी है। हमारी सारी कमाई तो राजकुमार को पढ़ाने में खर्च हो गई। अपने बच्चों का हाथ खाली ही रहा। सब बकवास है। बच्चे इस लायक़ हों तो पहले। जैसा किया है वैसा ही तो भरेगी।

अब देख-देख कर जलती है। हरीश की शादी में आई थी तो बहू को देखकर, दान-दहेज देखकर आंखें फटी-फटी रह गईं थीं।

और यकायक उन्हें लगा कि छोटी की बुरी नजर ही उनके संसार को छिन्न-भिन्न कर गई है। यूं दिखाने को तो बड़ी तारीफ़ के पुल बांधती है हमेशा, पर ज़रूर ही उसकी जान जल गई होगी। अब यह नया क़िस्सा सुनेगी तो उसके कलेजे में कैसी ठंडक पड़ेगी...

दूध जलने की गन्ध से उनका ध्यान खिंचा। अपना बुढ़ापे का शरीर ठेलठाल कर वह रसोई तक पहुंची, तब तक पता नहीं कितना उफन गया था। फर्श पर दूध-ही-दूध हो रहा था। इतना गुस्सा आया उन्हें गैस के चूल्हे पर। मरा राक्षस की तरह जलता है।

फिर याद आई कान्ता की। उसी के सामने दूध लिया था। ज़रूर उसी की नज़र लग गई है आज। उसके बच्चों को दूध नहीं मिलता तो मेरे बच्चे को भी टोक लगा गई। दूध की ओर टुकुर-टुकुर देखता हुआ कान्ता का छोटा बच्चा उनकी आंखों में घूम गया। एक कप दूध उसे पिला ही देती तो ठीक था।

धीरे-धीरे कान्ता के बच्चे की शक़्ल उनके राम और श्याम में बदल गई। लगा जैसे वे भी मामा के बच्चों की ओर टुकुर-टुकुर ताक रहे। हैं—एक कप दूध के लिए।

फिर याद आई बहू। मुई मुझ जैसी कठ करेजी भी तो नहीं कि छाती पर इतना दुःख सह ले। बच्चा गिर पड़े तो पहले खुद रोने बैठ जायेगी। सामने

वाला उसे चुप कराये कि बच्चे को। बच्चे को बुखार हो जाये तो आधी बीमार ये ख़ुद हो जायेगी। कान्ता की तरह होशियार भी तो नहीं कि...और उन्हें अपने अकर्मण्य, भावुक, भोली-भाली बहू पर बेहद गुस्सा आने लगा और वे रगड़-रगड़ कर फ़र्श पोंछने लगीं।

"यह क्या हुआ अम्मा ? दूध फैल गया क्या ?"

हरीश ने घर में पांव देते ही पूछा। पर वे नहीं बोली। उसी तरह ज़ोर लगा कर फ़र्श रगड़ती रहीं।

"तुम उठो अम्मा। मैं साफ़ कर दूं।"

"रहने दे भैया। काम करने के लिए तो हम बने हैं। हमारी तो हड्डी मसान में नहीं पहुंच जाती तब तक हमें खटना है। तुम साहब बने डोलते रहो। वो अपने बाप के यहां मौज मार रही है। घर में मुफ़्त की नौकरानी जो रखी हूं।"

वे गुस्से में इसी तरह ऊटपटांग बड़बड़ाती हुई फ़र्श धोती रहीं। आंख उठाकर उन्होंने एक बार भी ऊपर नहीं देखा।

देखती तो पता चलता कि हरीश उनके इस रुद्रावतार पर मन्द-मन्द मुसकरा रहा है।

यथार्थ से आगे

दरवाजा मैंने खोल तो दिया, किन्तु वहीं पर खड़ी-की-खड़ी रह गयी—जड़वत्। क्षण भर प्रतीक्षा करने के बाद उन्होंने ही पूछा, "अन्दर आ जाऊं ?" तब कहीं होश में आ मैंने दरवाज़ा छोड़ा।

सोफ़े पर बैठकर वे रूमाल से पसीना पोंछने लगे। सफ़र की थकान चेहरे पर स्पष्ट झलक रही थी। मैंने पंखा खोल दिया और एक स्टूल सामने लाकर रख दिया। सहज भाव से उस पर पांव फैलाकर उन्होंने आंखें बन्द कर लीं।

भीतर जाकर मैंने पहले तो गैस पर चाय का पानी रखा, फिर घड़े से एक जग भरकर गिलास के साथ रख आई। (फ्रिज का पानी उन्हें कभी भाता नहीं था और घर में सब इसे एक तरह का काम्प्लेक्स मानते थे)।

रसोई घर में लौटकर मैंने चाय बनाई, खूब स्ट्रोंग, चीनी कम, दूध अधिक। सारा फार्मूला जैसे रटा हुआ था। क्रॉकरी की अलमारी में ही बिस्कुट और दालमोठ के पैकेट थे, पर उनकी ओर मैंने देखा तक नहीं। 'प्लेन टी' उनका नारा था—जिससे मुझे हमेशा चिढ़ होती थी। चाय की टेबल पर जब तक दो-चार चीजें न हों, मज़ा नहीं आता था।

चाय लेकर पहुंची तब तक वे काफ़ी सुस्ता चुके थे। चाय पीकर जैसे एकदम ताज़े हो गए। बोले, "और लोग कहां हैं ?"

"अम्मा तो हरिद्वार गयी हुई हैं। भैया-भाभी किसी शादी में। बबलू की वजह से मैं नहीं जा सकी...।" कहते-कहते मैं यों ही मेज़पोश की सिलवटें ठीक करने लगी। डर था कि कहीं जान न लें कि अम्मा की अनुपस्थिति

और बबलू की बीमारी ने मुझे भाभी के साथ हर जगह जाने की मजबूरी से निजात दिला दी है। फिर विषय बदलने की गरज से कहा, "खाना तो नहा कर खाइएगा न ?"

"खाना रतलाम में खा लिया था, पर पानी अगर मिले तो नहा ज़रूर लूंगा।"

मैंने अभ्यस्त हाथों से अटैची खोली। कपड़े निकालते-निकालते ढेर-सारे खिलौने फ़र्श पर बिखर गए। मैंने ऊपर देखा—वे मेरी ही ओर देख रहे थे। खिसियाये स्वर में बोले, "बबलू के लिए लाया था। कैसा है अब ?"

"जी, अब ठीक है, पर उस समय एक बार तो मैं घबरा ही गई थी।"

"हां, यह स्वाभाविक है," उन्होंने उठते हुए कहा।

उन्हें नहाने भेजकर मैंने सब्ज़ी की टोकरियां टटोलनी शुरू कीं। एक ओर मुझे हंसी भी आ रही थी। कह दिया, 'रतलाम में खा लिया था।' होटल का खाना और वह भी बस अड्डे पर। कभी खाया भी है। आज तक ? बाहर खाने की बात को लेकर तो पता नहीं कितनी बार झड़प हुई थी ! और फिर बिना नहाये कब खाया है ? शीलू तो हमेशा 'पण्डितजी' कहकर चिढ़ाया करती थी। उस बार आबू में दो बजे तक नहाने की सुविधा नहीं हो पाई थी, पर मजाल है एक कौर भी मुंह में लिया हो।

वे नहाकर निकले तब तक मैंने लौकी का रायता और भरवां बैंगन तैयार कर लिए थे। प्याज़ी पुलाव पक रहा था। उन्हें तेल-शीशा देते हुए मैंने देखा, कनपटी के पास कितने सारे बाल सफ़ेद हो आए थे।

वे हंस पड़े, "क्या देख रही हो ? बूढ़ा हो गया हूं न !"

"बैंक का मरा काम ही ऐसा है। दिनभर आंखें फोड़ो और दिमाग़ खपाओ। बाल सफ़ेद होंगे नहीं तो क्या होगा ?"

"रात को थोड़ी ब्राह्मी की मालिश क्यों नहीं करते ? तलवों में लौकी लगाने या गाय का घी मलने से ठंडक रहती है।" कहते-कहते मुझे लगा, मैं नहीं कोई दादी-अम्भा बोल रही है। वे एकटक मुझे देख रहे थे। सकुचा कर मैंने कहा,

"बबलू के पास बैठेंगे न थोड़ी देर। खाना बस अभी बना ही जाता है।"

बबलू अपनी मसहरी में बैठा तसवीरों वाली पुस्तक देख रहा था। वह कब जग आया पता ही न चला। हम लोगों की आहट से चौंककर उसने ऊपर देखा, बड़ी देर तक देखता रहा। फिर धीरे-धीरे मेरे कान में फुसफुसा कर बोला, "पापा हैं न ?'

इस प्रश्न का उत्तर देने के करुण कर्तव्य से उन्होंने उबार लिया और लपककर उसे गोदी में उठा लिया। मैं फिर वहां खड़ी न रह सकी।

रसोई मुझे बुला ही रही थी। पुलाव जलने को था। झट उतार कर मैंने अंगीठी पर कुछ कोयले लगाये। तवे पर सिकी रोटियां उन्हें ज़रा नहीं भाती थीं। बरतियां टटोलकर उनकी पसन्द का (ख़ास कर अम्मा के हाथ का बना) कटहल का अचार निकाला।

दो फुलके जब बन गए तो मैं थाली लगाकर कमरे में ले गयी। देखा, बबलू महाशय पापा की ठोड़ी पर गाल रगड़ते हुए आराम से लेटे हैं। बातें—निरर्थक—बातें करने का उन्हें समय नहीं है।

मैंने खिलोनों का ढेर उसके सामने पटककर कहा, "देख तो तेरे लिए क्या-क्या चीजें आई हैं ?" लेकिन और दिनों की तरह वह झपटा नहीं। बस अपने आसन पर बैठा देखता रहा। अपनी कृतज्ञता जताने के लिए उसने पापा को ज़ोर से भींच लिया—बस। उसका नन्हा-सा मन भी जान गया था कि खिलौनों के लिए तो काफ़ी समय पड़ा है।

पांवों में जैसे पर लग गए हों। मैं फुलके बनाती रही, देती रही। आख़िर जब उन्होंने कहा, "कितने दिनों का इकट्ठा खिला रही हो ?' तब कहीं जाकर मैंने उन्हें उठने दिया।

थाली लेकर अब मैं लौटी तो अचानक सामने भैया पड़ गए। अपनी रौ में मैंने कार की आवाज़ तक नहीं सुनी थी। भैया का चेहरा तना हुआ था और आवाज़ को प्रयत्न-पूर्वक धीमा करते हुए उन्होंने कहा, "हज़रत अब क्या चाहते हो ?'

"बच्चे को देखने आए हैं," मैंने जैसे दीवार को जवाब दिया। मेरे स्वर से भैया चौंके और चुपचाप बाहर चले गए।

पिछले दो घंटों से मैं जैसे किसी कल्पना लोक में थी और अब मेरे पांव ज़मीन पर आ लगे।

भैया का भी वैसे दोष क्या था ? इनको लेकर उनकी राय कभी भी अच्छी नहीं रही। इस शादी में दोनों पक्षों में से किसी की भी सम्मति नहीं थी ! हम लोग सामाजिक, मानसिक किसी भी धरातल पर समकक्ष नहीं थे। केवल प्रेम का क्षणिक आवेग ही हमें बांधे हुए था।

सब का विरोध मोल लेकर जिस नींव पर हमने दांपत्य की नींव डाली थी, शादी के तुरन्त बाद ही वह धसकने लगी। अपने परिवार का, परिवेश का बिछोह दोनों को ही सहन न हो सका। प्रेम का पहला उफान ख़त्म होते ही गिद्धों की तरह एक-दूसरे की कमज़ोरियों को, घावों को नोचने लगे। बबलू के जन्म से भी इस खाई को भरा नहीं जा सका था।

दोनों के परिवारों ने इस सम्बन्ध को बिगाड़ने में ही अधिक दिलचस्पी ली। मेरे परिवार के लिए यह रिश्ता स्तर से नीचे का था। उनके यहां तो मुझे कभी सहानुभूति नहीं मिली। हमारे लिए खुशी की बात यह थी कि हमने सौजन्य के साथ एक दूसरे से बिदा ली। वहां वाले तो उधार खाये ही बैठे थे। तलाक़ के दूसरे ही वर्ष उनकी शादी कर दी।

फिर भी आज उन्हें देखकर मन में आक्रोश नहीं, बल्कि दया या कृतज्ञता-सी मन में जगी थी। बेचारे महज बबलू के लिए इतनी दूर से दौड़े आए थे।

पता नहीं क्यों पिछले वर्ष से बबलू को अपने पापा के विषय में बड़ी जिज्ञासा हो चली थी। शायद स्कूल जाने का यह परिणाम हो। एक बार तो उसने यहां तक कह दिया था, "मम्मी, क्या शीलू की तरह पापा भी भगवान के यहां चले गए हैं ?"।

मैं फटी आंखों से देखती रह गई थी। उसका भी क्या दोष ? इस घर में उनका कोई स्मृति-चिह्न न था। उनका नामोल्लेख तक यहां वर्जित था। तब मैंने ही चुपचाप सारे अलबम ट्रंक की तलहटी से निकाल लिए थे। बबलू घर भर की नज़रें बचाकर घंटों उनमें खोया रहता। मुझसे कुरेद-कुरेद कर उसने पापा की आदतें, उनके कपड़े तथा शौक जैसे कंठस्थ कर लिए थे। उसने पता नहीं कैसे

उनके चेहरे की एक-एक रेखा को आत्मपात् कर लिया था कि चार साल बाद भी उन्हें देखते ही पहचान गया था।

इस बार जब उसे डिप्थीरिया हुआ तो पता नहीं उसने कितनी बार करुण स्वर में उन्हें याद किया। मुझसे रहा नहीं गया। एक दिन जी कड़ा करके मैंने लिख ही दिया—वह पत्र पता नहीं कितनी बार लिखा गया, जलाया गया। लिफ़ाफ़े में बन्द होने पर भी अनिश्चय की अवस्था में न जाने कितने दिन तक मेरे पर्स में झूलता रहा था।

पर उन्हें यह असमंजस नहीं व्यापा था। पत्र मिलते ही चले आए थे। इस अहसास से मेरे आंसू निकल आए। मैंने ईश्वर को धन्यवाद दिया कि आज घर में कोई नहीं था। नहीं तो क्या इस तरह जी भरकर उन्हें खिला सकती थी, उनके पास बैठकर बात कर सकती थी!

लौटकर कमरे में गई तो देखा, अख़बार मुंह पर ढककर वे आरामकुर्सी पर सो रहे थे। मन-पसन्द भोजन को तृप्ति उनके चेहरे पर थी। मेरी आहट से उनकी तन्द्रा टूटी। बोले, "अरे, कहां रह गई थीं तुम? तुम्हारा चेहरा कैसा हो रहा है?" फिर कुछ धीमी आवाज़ में कहा, "क्या भैया ने कुछ कह दिया? नेवर माइन्ड। आई वाज़ नेवर इन हिज़ गुड बुक्स।'

कितनी सरलता से कह गए थे। और दिनों तो इन्हीं बातों को लेकर घंटों महाभारत होता था। प्रसंग बदलने के लिए मैंने कहा, "घर 'पर सब ठीक है?

"सब ठीक है। मां का मोतियाबिन्द का आपरेशन हुआ है। महेश ने एम० एस० सी० का इम्तहान दिया है। भानु की शादी नवम्बर में हो रही है।"

"और...और...गुड्डी कैसी है? क्या नाम रखा है?"

"मुग्धा"

सुनकर मन में एक कचोट-सी लगी। परिवार-नियोजन के समस्त नियमों को ताक पर रखकर मैंने बच्चों के नामों की जो लिस्ट बनाई थी, उसमें एक नाम यह भी था। मैंने उनकी ओर देखा। उनके चेहरे पर इस तरह का कोई भाव न था। बल्कि वे घड़ी देख रहे थे, "चले भई, नहीं तो साढ़े पांच वाली ट्रेन नहीं मिलेगी।"

"क्या आज ही..." शब्द मेरी जिह्वा तक आते-आते रुक गए। बस मैंने इतना ही कहा, "मैं चलूं स्टेशन तक ?"

"मैं भी।" खिलौनों में उलझा बबलू एक झटके के साथ उठ खड़ा हुआ। अभी उसे हम लोग बाहर नहीं ले जाते थे, पर आज ये सब फ़ालतू बातें सोचने का समय नहीं था।

तैयार होकर हम निकले, पर धूप चिलचिलाती हई थी। कोलतार की सड़क एकदम चमचमा रही थी। उन्होंने बबलू को उठा लिया था। अटैची मेरे हाथ में थी। इस तरह चलना कितना भला मालूम हो रहा था ! दूसरी ओर धूप का ख़याल न होता तो मैं टैक्सी भी न करने देती।

स्टेशन पर हमेशा की तरह हाय-तोबा का वातावरण था। उन्होंने पर्स मुझे देते हुए कहा, "तुम टिकट लेकर आ जाओ। हम प्लेटफार्म पर चलते हैं।"

धक्का-मुक्की में टिकट लेकर जब प्लेटफार्म पर आई तो देखा– स्टेशन के कोने पर दूर लकड़ी की बेंच पर दोनों बैठे हैं। मैं भीड़ को चीरती पास तक आ गयी, पर अपनी बातों में दोनों ऐसे उलझे थे कि मुझे देखा तक नहीं। बबलू ही बोल रहा था। वे तो बस श्रोता बने बैठे थे। दोस्तों की बातें, मास्टर जी की तारीफ़, नानी का लाड़-दुलार, मामा का नियन्त्रण और मामी का रुखापन-बारी-बारी से सबका वर्णन हो रहा था। कई बातें तो मेरे लिए भी नई थीं। बबलू जैसा शर्मीला लड़का इतनी जल्दी घुलमिल जाएगा, मैंने कल्पना भी न की थी।

मेरी चूड़ियों की खनक से अनायास उनकी बातों का सिलसिला टूटा। पर्स और टिकट उन्हें लौटाते हुए मैंने वे पुस्तकें भी उन्हें दीं जो मैं सफ़र के लिए लाई थी। पुस्तकें रखने के लिए बैग खोलते ही चकित रह गये। ऊपर ही एक पैकेट पड़ा था। उन्होंने मेरी ओर देखा। उन निगाहों से बचते हुए मैंने कहा, "गुड्डी के लिए है—बबलू की ओर से।"

दरअसल यह फ्रॉक मैंने बेहद छिपा कर रखा था और उम्मीद थी की यहां से आने के बाद ही देख पायेंगे। छिपाकर इसलिए कि वे कहीं नाराज़ न हो जाये कि बबलू के खिलौनों का बदला दिया जा रहा है, पर उन्होंने मुसकुरा कर कहा, "हम कितने फ़ार्मल होते जा रहे हैं।"

बात शायद व्यंग्य में कही गई थी, पर मैं तो इससे भी बड़े विस्फोट की आशा कर रही थी। यह फ्रॉक मैंने भाभी की पिंकी के जन्म-दिन के लिए रात-रात भर जाग कर काढ़ा था। मैं उन्हें सरप्राइज़ देना चाहती थी, पर उस देने में शायद एक ऋण चुकाने का-सा भाव रहता। इस देने में एक अनजानी तृप्ति थी।

अन्तिम घंटी बजी और स्टेशन पर एक हलचल-सी मच गई। बबलू उनके घुटनों में मुंह छिपाकर खड़ा हो गया। शायद रुलाई रोकने की चेष्टा कर रहा था। उसे गोद में उठाकर देर तक वे प्यार करते रहे। मैं दूसरी ओर मुंह किये उनका बैग थामें रही। मन के द्वार पर एक प्रश्न बार-बार थपकी दे रहा था, "अब कब आइएगा ?" पर शब्द अधरों तक आकर लौट-लौट जाते थे।

रेल मानो कलेजे पर हथौड़ी की चोट करती धड़धड़ाती स्टेशन में दाखिल हुई। बड़ी कठिनाई से उन्होंने बबलू को मेरी गोद में दिया और लपककर किसी डिब्बे में जा चढ़े। एक बार भी पीछे मुड़कर नहीं देखा।

लौटते समय टैक्सी में बबलू मेरी गोद में सिसकते हुए कह रहा था रुआन "मम्मी, यह रेल कैसी है जो पापा को इतनी दूर ले जाती है ?"

और मेरा मन कह रहा था, बेटे कैसी तो तेरी मम्मी है ! नहीं तो इस रेल निगोड़ी की क्या मजाल थी जो इस तरह तेरे स्नेह की छाया, तेरे अधिकारों का घर छिन जाता।

उसने नहीं कहा

वह नहा कर निकला ही था कि शोभा ने कहा, 'जरा बाहर जा कर तो देखिए !'

'क्या है ?' उसने बेजारी से पूछा, पर अपनी उत्सुकता को रोक न सका। गीले बालों को तौलिए से रगड़ता हुआ बरामदे में आ खड़ा हुआ।

देखने को वहां कुछ भी तो नहीं था।

अपने पीछे चली आई शोभा पर वह बरसने वाला ही था कि उसने कहा 'जरा बाहर तो देखिए—बाबूजी को।'

इस बार उसने देखा, दरवाज़े पर एक ठेला खड़ा है, और बाबूजी उसे पैसे दे रहे हैं। इससे पहले कि वह शोभा को अच्छी चुभती-सी बात कहता बाबूजी तीन-चार पुड़ियां बगल में समेंटे गेट बन्द करने की कोशिश कर रहे थे।

'यह क्या ले लिया बाबूजी ?' उसने आगे बढ़कर फाटक बन्द करते हुए पूछा।

'कुछ नहीं, थोड़ा-सा नमकीन !' अपना बोझ प्रमोद के हवाले करते हुए बाबूजी ने कहा, 'अच्छा दिखा तो ले लिया। बच्चों वाला घर है ! दिन भर बच्चों को मुंह चलाने के लिए कुछ चाहिए ही।'

और इतना कह कर बाबूजी जैसे कर्तव्यमुक्त होकर अपने कमरे में लौट गए, पर उनके जाते ही ओट में खड़ी शोभा सामने आ गई।

'लो भई संभालो अपनी अमानत।' प्रमोद ने सामान उसकी ओर बढ़ाते हुए कहा, किन्तु वह वैसी ही तनी हुई मुद्रा में दूर खड़ी रही।

'अरे, लो भाई, मुझे तैयार होने दो अब, सवा नौ हो रहे हैं।'

'यह है क्या ?' उसने रूखे स्वर में पूछा।

'नमकीन है। बाबूजी बच्चों के लिए खरीद कर लाए हैं।'

'आपके बच्चों ने कभी राह चलते ठेले की कोई चीज़ खाई है ?'

"ठीक है भई ! पर मैं बाबूजी से तो यह सब कह नहीं सकता न !' उन्हें अपने लाड़ले पर प्यार आ गया है तो बीच में बोलने वाला मैं कौन होता हूं। उनका मन हुआ तो वे ख़रीद लाए। अब तुम्हारा मन हो तो घर में रखो, नहीं तो नौकरों में बांट दो। बस, बात खत्म !'

'नहीं, बात यहीं खत्म नहीं।'

प्रमोद भीतर जाने को मुड़ा ही था कि शोभा का सख्त स्वर सुन कर बीच ही में रुक गया, "क्या ?'

'यह कि मैं इसका मतलब खूब समझती हूं।'

'साफ-साफ कहो न ! वक्त-बेवक्त कुछ देखती नहीं। बस, बहस ले कर बैठ जाती हो। जरा घड़ी तो देखो।

'मुझे मालूम है यह सब मुझे दिखाने के लिए किया गया है।

'मेरी समझ में अब भी कुछ नहीं आ रहा। ठीक से बताओ।'

'दो-चार दिन से उनकी मण्डली को नाश्ता नहीं दे पा रही हूं न, इसीलिए यह नाटक रचा गया है।

'लेकिन क्या नाश्ता नहीं दिया गया ? तुम्हें मालूम है, बाबूजी सूखी चाय कभी नहीं पीते।'

'बाबूजी के लिए किसने मना किया ? पर पूरी बारात को तो मैं रोज़ खिला नहीं सकती। बिस्कुट-उस्कुट से काम चल जाता तो तब भी ग़नीमत थी। पर आपके पिता तो चाहते हैं कि दिन भर हलवाई की कढ़ाई चढ़ी रहे। पता नहीं किस ज़माने में रहते हैं ! न तो उन्हें इस बात की परवाह है कि बाज़ार आकाश छू रहा है, न इस बात का ही खयाल कि घर में गैस नहीं है या कि नौकर बीमार पड़ा है।'

"मजबूर हैं बेचारे ! मां ने ऐसी शाही आदतें डाल दी हैं। अब भला इस उम्र में छुटेंगी वे ?'

पर शोभा को तसल्ली नहीं हुई। खाने की मेज पर भी उसका भुनभुनाना जारी रहा। आख़िर तंग आकर प्रमोद बोला, "अच्छे-भले पड़े थे गांव में। तुम्हें ही शौक चढ़ा था बुलाने का। अब क्यों रोती हो ?'

"हम लोगों के होते हुए वहां उनका अकेले रहना क्या अच्छा लग रहा था ? आख़िर सन्तान किस दिन के लिए होती है ?" शोभा ने बुज़ुर्गाना लहजे में कहा।

"जब इतनी समझदार हो तो सहना भी सीखो। तुमने क्या सोचा था कि बाबूजी आएंगे तो मोम के गुड्डे की तरह कमरे में बैठे रहेंगे !'

"मैं क्या पागल हूं। बल्कि मैंने तो सोचा था कि घर में बड़े बुज़ुर्ग के रहने से एक दबदबा-सा रहेगा। बच्चों पर कुछ अच्छे संस्कार होंगे। आपके टूर पर चले जाने के बाद अकेला-सा नहीं लगेगा। कभी-कभार सिनेमा या क्लब जाते समय बच्चों को निश्चिन्त होकर छोड़ा जा सकेगा।"

"तुम्हारी यह सारी ख्वाहिशें पूरी नहीं हो रही हैं ! फिर जरा-सी बात का बतंगड़ क्यों बना लेती हो। जरा सब्र से काम लेना सीखो।"

कहने को प्रमोद कह गया, पर जानता था कि अब मेज पर बैठना खतरे से खाली नहीं है। शोभा अगर शुरू हो गई तो दफ्तर के लिए लेट करवा कर ही छोड़ेगी। बार-बार घड़ी की ओर देखता हुआ वह फुर्ती से उठ खड़ा हुआ और वाश-बेसिन पर हाथ धोने लगा।

बात आधे में ही टूट जाने से शोभा क्षुब्ध हो गई है, वह साफ देख रहा था। वह सौंफ, इलायची, पेन, रूमाल, स्कूटर की चाबियां—सारी चीजें चुपचाप उसके पास लाकर रख दी गई और वह चुपचाप सिर झुकाए जूते पहनने का नाटक करता रहा। घड़ी की सुई प्रतिपल आगे भाग रही थी, और मान-मनौवल का ज़रा भी समय उसके पास नहीं था।

यही तो हो जाता है।

शोभा जरा-जरा-सी बात पर बुरा मान जाती है। पर वही बातें वह कितनी बार सुने ! और सुन भी ले तो निराकरण का उपाय क्या है !

यह सच है कि बाबूजी के आते ही घर में आमदरफ्त बढ़ गई है। पिछले

दस साल से वह इस शहर में है। पर गिने-चुने लोगों के यहां ही आना-जाना होता है। मोहल्ले वालों से तो बस दुआ-सलाम होती रहती है। कभी घण्टे-दो-घण्टे किसी के यहां गए हों ऐसा याद नहीं पड़ता। यहां कोई इसका बुरा भी नहीं मानता। सभी अपनी व्यस्त दिनचर्या में डूबे रहते हैं।

बाबूजी को यहां बुलाते समय प्रमोद इसी बात को लेकर चिन्तित था कि उनका समय यहां कैसे कटेगा ! जब से याद पड़ता है, उसने बाबूजी को हमेशा लोगों से घिरा हुआ ही देखा है। जानता है कि अकेलेपन से बढ़कर कोई सज़ा उनके लिए नहीं है। और यहां तो दिनभर घर पर सन्नाटा-सा खिंचा रहता है। बच्चे सुबह नौ बजे ही स्कूल निकल जाते हैं और स्कूल के बाद ट्यूशन आदि से निपट कर ही घर लौटते हैं। वह भी दस बजे का गया छह बजे तक लौट पाता है। इतनी देर बाबूजी घर में क्या करेंगे ? लायब्रेरी की किताबें भी आखिर कोई कितनी पढ़ेगा ? वैसे भी उन्हें पढ़ने का ज्यादा शौक कभी नहीं रहा।

परन्तु बाबूजी के सामने यह समस्या कभी उठी ही नहीं। पहली ही बार सुबह की सैर को गए तो 3-4 पेंशनरों को साथ पकड़ लाए। उन्हें गरमागरम चाय-नाश्ता कराया। प्रमोद भी खुश हुआ कि चलो, हम-उम्रों के बीच अब आसानी से इनका वक्त कट जाएगा।

प्रमोद तो अपनी परेशानियों से मुक्त होकर हल्का अनुभव करने लगा था, पर शोभा की परेशानियां एकदम बढ़ गई थीं। सुबह का समय वैसे ही घड़ी से होड़ करके बीतता था। अब इन बुजुर्गवारों के चाय-नाश्ते का काम और बढ़ गया था। बाबूजी सैर से लौटते ही दीपू को चाय का आर्डर भेज देते। तब शोभा को बड़ी कोफ्त होती। अब वह बच्चों को तैयार करे, रसोई देखे या सुबह से चाय ही बनाती रहे। सितम यह होता है कि भल्ला साहब के पिताजी दूध लेने के लिए, घर से चलते हैं और फिर बाबूजी की बैठक में रम जाते हैं। फिर गोपाल को उनके यहां दूध पहुंचाने भी जाना पड़ता है। दीपू, नीतू को तैयार करती शोभा खीझ उठती है। इन लोगों को तो कोई काम नहीं। तो क्या सभी लोग पेंशन लेकर बैठ जाएं।

यह तो होती है सुबह की महफ़िल ! दोपहर को बाबूजी शतरंज लेकर बैठ जाते हैं। दो-चार खेलने वाले और दो-चार देखने वाले जुट ही जाते हैं। पांच बजे तक चाय और शरबत के दो-चार दौर हो जाते हैं। इस समय बाबूजी की इच्छा होती है कि घर का बना कोई गरमागरम नाश्ता भी परोसा जाए। फिर बाबूजी इशारा करके मेहमानों को खिलाते जाते हैं और बहू की तारीफ़ भी करते जाते हैं।

पहले शोभा इस प्रशंसा से बड़ी पुलकित होती थी, पर अब उसे कोफ्त होने लगती है।

शाम को मिश्राजी के बड़े भाई साहब प्रीति को डान्स-क्लास में छोड़ने के लिए घर से निकलते हैं। प्रीति को अकेले जाते डर भी लगता है और ताऊजी के साथ जाते शर्म भी आती है। वह यहां तो साथ आ जाती है, फिर नारंग साहब की ज्योति के साथ आगे बढ़ लेती है। घर वापस लौटने की बजाय ताऊजी, बाबूजी के पास बैठ कर तो भतीजी की प्रतीक्षा करते हैं और नई सभ्यता को कोसते रहते हैं। चाय उनके लिए भी बनती ही है।

अपनी पूरी-की-पूरी पेन्शन बाबूजी प्रमोद के हाथ में पकड़ा देते हैं। तो वह संकोच से गड़ जाता है। पर शोभा भुनभुनाती रहती है—डेढ़ सौ रुपये पकड़ा देते हैं तो सोचते हैं जग जीत लिया। ज़रा बाज़ार जा कर पता करें तो गश आ जाए।

परेशान हो उठता है प्रमोद। पत्नी को कैसे समझाए कि ज़िन्दगी भर यही तो कमाया है बाबूजी ने, जंगल में भी बैठ गए हैं तो चार लोग आस-पास जुट आए हैं। फिर यह तो इतना बड़ा शहर है !

दिन भर बहुत बेचैन बना रहा प्रमोद।

शोभा की परेशानी को वह समझ रहा था। पर मां ! फिर मां कैसे ताल-मेल बिठा लेती थीं।

माना कि ऐसी सर्पग्रासी महंगाई उन दिनों नहीं थी। पर आमदनी भी तो ज्यादा नहीं थी। फिर चार बच्चों का साथ और ऐसा मजमेबाज पति ! पर घर में

कभी चख-चख नहीं मची। कभी परेशान भी होती तो बच्चों के सामने कह-सुन कर हल्की हो जातीं। बाहर वालों ने हमेशा उन्हें मुसकराता ही देखा। उनका अतिथिसत्कार उस समय भी मिसाल के रूप में गिना जाता था।

याद है उसे, कई बार सब्ज़ी के लिए उबले आलुओं को मसल कर ही मां ने कचौड़ी बना दी है और बच्चों को सिर्फ कोरी दाल से रोटी तोड़नी पड़ी है। कभी उबलते दूध में चावल डाल कर खीर बना दी गई है। दोपहर की चाय न मिली तो न सही। कभी महीने का अन्त है तो बच्चे अचार से ही काम चला रहे हैं। पर उस समय भी कोई भूला-भटका आ निकलता तो मां झट-से कढ़ाई चढ़ा कर बेसन घोल लेतीं और आंगन में लगे अज़वाइन या पोई के पत्तों की पकौड़ी उतार देतीं।

उनका एक ही सिद्धान्त था—अपने घर में हम कैसे भी रह लें, पर घर आया मेहमान सन्तुष्ट होकर जाना चाहिए।

और घर में आने वालों की संख्या क्या कम थी ! नाते-रिश्तेदार तो खैर थे ही, उनसे ज्यादा संख्या तो बाबूजी के दोस्तों की थी। कुछ तो इतने बेतकल्लुफ कि सीधे रसोई में आ धमकते और बच्चों के साथ ही शुरू हो जाते। पर मां के माथे पर कभी बल नहीं पड़े।

उन दिनों बाबूजी एक खास 'रविवारीय भोज' का आयोजन करते थे। उसके लिए मां ने चीनी की प्लेटें, एक भगोना और कलछी अलग रख छोड़े थे। आंगन के छोर पर बने एक चूल्हे पर यह कार्यक्रम चलता।

मां रविवार को सुबह उठकर वहां झाड़ू-बुहारी करतीं, मसाला पीस कर रखतीं, आटा सान कर रखतीं। सारा सामान एक बार वहां सजा देने के बाद जो मन्दिर की राह लेतीं तो शाम ढले ही घर लौटतीं। दिन भर उनके मुंह में अन्न का दाना भी नहीं जाता। पड़ोसिनें कहतीं, 'पति के पापों का प्रायश्चित कर रही है बिन्नो की मां !'

मां हंस कर कहतीं, 'कोट का पाप, कटि का पुन्न ! अब किसी का खाने का मन है और हमें बनाना नहीं आता तो हम यहां बैठकर क्या करें ! उतनी देर ठाकुरजी की सेवा ही सही।'

"लेकिन अपने घर में तुम्हें यह सब अच्छा लगता है ! इतने सारे होटल तो हैं। बिन्नो के बाबूजी वहीं जाया करें तो क्या हर्ज ?"

"अरे वाह" मां तमक कर कहतीं, "अपना घर होते हुए होटल में क्यों जाएगा कोई ? वहां खाने से मन भरता है कभी ? और इतने संगी-साथी लेकर होटल जाने का बूता है किसी का !"

सच तो था, बाबूजी के उस सामिष भोज में 10-12 लोग तो कम-से-कम आते ही थे। होता यह चन्दे से ही था। पर उनमें से कई ऐसे थे जो घर से छिपा कर आते थे। वृषभान चाचा तो ऐसे थे जो चन्दा भी नहीं दे पाते थे। पर बिना बुलाए ही आ टपकते। तब मां कहतीं, 'मर्द मानुस है, खाने-पीने की हवस को कहां तक दबाएगा बेचारा ! घर में नहीं मिलता, तभी तो इधर-उधर लार टपकाता फिरता है !"

शुरू-शुरू में तो मां बच्चों का खाना बनाकर रख जाती थीं, पर बाद में आमिल चाचा बच्चों को खींच कर अपनी पंगत में ले जाने लगे। मां को पता चला तो हाथ जोड़कर बोलीं, 'लाला लड़के तुम्हारे हैं। जैसे चाहे गुण सिखा देना। मैं कुछ नहीं बोलूंगी। पर लड़कियों को बख्श दो। पता नहीं कैसी ससुराल मिले। मर्द मानुस तो अपने शौक बाहर जा कर पूरे कर लेता है, पर यदि इनकी जीभ को स्वाद लग गया तो छटपटाती फिरेंगी।"

उस समय तो सारी बातें इतनी रुटीन हो गई थीं कि कुछ भी अस्वाभाविक नहीं लगती थीं। पर आज सोचते हुए कैसा आश्चर्य होता है ! मुश्किल से चार किताबें पढ़ीं, कट्टर धार्मिक संस्कारों में पली-बढ़ी मां ! इतनी सूझबूझ ! इतना विवेक, इतनी सुघड़ता कहां से ले आई वह ! कौन-सा विश्वविद्यालय था जहां से मां ने यह विद्या सीखी थी—अभावों में मुसकराने की विद्या, पति के दोषों को खूबसूरती से ढांपने की विद्या, बच्चों के भविष्य में दूर से झांक लेने की विद्या, मध्यम-वर्गीय विपन्नता के बावजूद भी सिर उठा कर चलने की विद्या—कहां से सीखा था मां ने यह सब !

मां के प्रति उसका मन नए सिरे से श्रद्धानत हो आया। सच, ऐसी संगिनी को खोकर बाबूजी कितने अकेले पड़ गए होंगे।

पता नहीं उसके मन में कैसा ज्वार उमड़ा कि घर लौटते समय उसके स्कूटर की सामने वाली बास्केट तरह-तरह के खाद्य-पदार्थों की थैलियों से भरी हुई थी ! इतने पर भी उसका मन नहीं भरा तो कृपा-राम हलवाई की दुकान के सामने गाड़ी रोककर उसने 10-12 गरम कचौड़ियां भी तुलवा लीं।

स्कूटर पार्क कर वह किसी स्कूली बच्चे की-सी आतुरता से सीधा बाबूजी के कमरे में घुस गया।

"बाबूजी ! कचौड़ी लीजिए—बिल्कुल कढ़ाई से निकलवा कर लाया हूं। अपने यहां का मशहूर हलवाई है। आपके शहर की टक्कर का तो नहीं... ।"

बाबूजी विस्मित हो उसकी ओर देखते रहे। फिर धीरे से बोले, "इतनी जल्दी क्या है बेटे ? अन्दर भिजवा दो ! सब लोग साथ ही ले लेंगे।"

संकोच से गड़ गया वह ! ठीक तो है। बाबूजी क्या ऐसे ही हाथ में लेकर खा लेंगे ! अपनी उमंग में उसे याद ही न रहा कि शाम की चाय बाबूजी उसके साथ भी ले लेते हैं।

स्कूटर का सामान निकाल कर गोपाल अन्दर ले जा रहा था कि उसने उसे आवाज़ दी। कचौड़ी का लिफ़ाफ़ा उसे पकड़ाते हुए बाकी सामान खुद ले लिया और अल्मारी में एक-एक सिरे से जमाने लगा।

बाबूजी कुछ देर तो शान्ति से देखते रहे, फिर धीरे-से बोले, "यह क्या हो रहा है बेटे ?"

"ज़रा शहर तक निकल गया था ! बड़ी फेमस दुकान है, वहां 'अग्रवाल-नमकीन भण्डार'। सोचा, यहां तक आया हूं तो कुछ लेता चलूं।'

"यह कुछ है ? तुम तो पूरी दुकान ही उठा लाए बेटा !"

"तो क्या हुआ बाबूजी ! यह खराब होने वाली चीज थोड़े ही हैं ! तली हुई मूंग की दाल, ये बीकानेरी भुजिया, ये रतलामी सेव, और ये तली हुई मूंगफलियां। इन्हें आजकल 'टेस्टी' कहते हैं।'

"ठीक है, ठीक है।" बाबूजी ने उसे रोकते हुए कहा। अब ले आए हो तो ठीक है पर यहां क्या नुमाइश लगा रहे हो ! जा कर बहू को संभलवा दो।"

इसी प्रश्न से प्रमोद बचना चाहता था। हकलाते हुए बोला, "उधर के लिए भी लाया हूं। गाड़ी में पैकेट्स रखे हैं।"

"इधर के लिए अलग से लाए हो ? क्यों ?"

"अक्सर आपके पास लोग-बाग आते रहते हैं न !"

"तो !"

बाबूजी का स्वर उनकी दृष्टि की ही तरह तीखा था। प्रमोद की सिट्टी-पिट्टी गुम हुई जा रही थी फिर भी हिम्मत करके बोला, "दर-असल मैंने सोचा कि कभी आपको अन्दर से मंगाते हुए संकोच लगे तो...मतलब यह कि वह बेवक्त कोई आ भी गया तो आप परेशान नहीं होंगे।"

"तो बेटे एक काम और करो—।"

"जी !"

"एक बिजली का चूल्हा और पतीली भी यहां रखवा दो। बेवक्त कोई आए तो मैं चाय भी बना लिया करूं।"

"बाबूजी, आप समझ नहीं रहे हैं... ।"

"मैं सब समझ रहा हूं, बेटे। और एक बात तुम भी समझ लो कि मेरे पास जो भी लोग आते हैं, वे खाते-पीते घरों के शरीफ़ आदमी हैं। एक कप चाय अगर हम उन्हें पिलाते हैं तो उसमें अपने ही घर की इज़्ज़त बढ़ती है। अपना ही बखान होता है। हम किसी पर कोई अहसान नहीं करते।"

"मैं क्या यह सब समझता नहीं बाबूजी। इसी वातावरण में तो पल कर बड़ा हुआ हूं। पर होता क्या है कि कभी-कभी कोई 'प्राब्लम' आ जाती है, तो लेडीज़ परेशान हो जाती हैं इसीलिए कह रहा था...।"

"हां बेटे, यह बात तूने ठीक कही। न कहता तो शायद मेरी समझ में कभी आती ही नहीं।"

बाबूजी ने नाटकीय मुद्रा में कहा, "दरअसल, बेटे, मेरे घर में तो कोई 'लेडो' थी नहीं। एक सीधी-सादी घरेलू औरत थी। इसलिए नहीं जानता कि परेशानी क्या होती है। अच्छा किया बेटे तुमने बतला दिया।"

इतनी देर से प्रमोद किसी स्कूली लड़के की तरह भीगी बिल्ली बना हुआ

खड़ा था। लेकिन इस व्यंग्य से, जैसे वह तिलमिला उठा। एक तो वैसे ही दिन भर सोच-सोच कर परेशान हो गया था। बाबूजी की इस बात ने उसकार हा-सहा संयम भी छीन लिया। चीख कर बोला, "आप कैसे जानेंगे कि परेशानी क्या होती है ? आपने कभी जानने की कोशिश भी की है ! हमसे पूछिए कि मां ने किन हालात में गृहस्थी की गाड़ी खींची है। आपके शौक पूरे करने के लिए उसने क्या कुछ नहीं सहा है ! कितने-कितने त्योहार पुरानी साड़ियों में मना लिए हैं ! कितनी सर्दियां एक इकलौते ऊनी स्वेटर में निकाल दी हैं ! कितनी राखियों पर उन्होंने मैके जाने से इन्कार कर भाइयों को दरवाजे से लौटा दिया है ! कितनी बार... ।"

लेकिन प्रमोद अपनी बात पूरी नहीं कर पाया। उसने देखा कि बाबूजी का चेहरा सफेद पड़ गया है, पैर कांपने लगे हैं। एकाएक उसका सारा आक्रोश ठण्डा पड़ गया। उन्हें सहारा देकर पास की आरामकुर्सी पर बिठाते हुए उसने पूछा, "आपकी तबीयत तो ठीक है न !"

बाबूजी कुछ नहीं बोले। अपनी हथेलियों में मुंह छिपाए कुछ देर खामोश बैठे रहे। प्रमोद धीरे-धीरे उनके तलुए सहलाता रहा। इससे ज्यादा उसे कुछ सूझा ही नहीं !

एक लम्बे अन्तराल के बाद बाबूजी ने सिर उठाया और डूबती-सी आवाज़ में बोले, "मैं जानता हूं बेटे कि मेरी गृहस्थी एक मामूली-से क्लर्क की गृहस्थी थी। पर तुम्हारी मां ने उसे राजा-रईसों की-सी शान दे दी थी। साक्षात् लक्ष्मी का रूप थी वह !

मुझे मालूम है कि उसके लिए रोज-रोज नई साड़ियां मैं नहीं जुटा सका। पर यह भी जानता हूं कि घर आई हर बहन-बेटी नई चूनर के साथ ही विदा हुई है। अपनी जिन्दगी चाहे उसने एक ऊनी कपड़े में गुजार दी हो, पर तुम्हारे चाचा लोग शादी होने तक उसी के हाथ के स्वेटर पहनते रहे। घर में हम लोग चाहे जैसा खाते-पहनते रहे हों पर आने वाला मेहमान तृप्त होकर ही लौटा है...मुझ जैसे की गृहस्थी चलाना उसी के बस की बात थी। वह न होती तो पता नहीं क्या होता।"

बाबूजी ने एक दीर्घ निश्वास लिया और बोले, "वह न होती तो गृहस्थी का इतना फैलाव ही क्यों होता ! लोग गृहिणी का मन देखकर ही देहरी चढ़ते हैं। नहीं तो क्या चाय होटलों में नहीं बिकती ?"

प्रमोद उत्तर में कुछ कहता इससे पहले ही जैसे उन्हें कुछ याद आ गया। बोले, "अच्छा सच बताना अभी जो तुम इतना सब-कुछ कह गए तो क्या उसने कभी तुमसे यह सब कहा था ? तुम्हें मरने वाली की कसम, सच-सच बताना !"

उनके स्वर की आर्द्रता से प्रमोद परेशान हो उठा। क्षणिक आवेश में कही गई उसकी बात इतने गहरे पैठ जाएगी उसने नहीं सोचा था।

सान्त्वना में वह कोई अच्छी-सी बात कहना चाह रहा था कि गेट खड़का। उसने उचक कर देखा—मिश्राजी के बड़े भाई साहब आ रहे थे। उसे लगा जैसे ये प्रीति के ताऊजी नहीं, साक्षात् भगवान हों।

"बाबूजी, ताऊजी आ रहे हैं—मिश्राजी के भाई साहब !" उसने बाबूजी का ध्यान बंटाते हुए कहा।

सचमुच इन शब्दों ने जादू का-सा काम किया। पल भर में बाबूजी सहज हो आए। दूसरे ही क्षण वह फुर्ती से उठ खड़े हुए। पैरों में चप्पल सरकाते हुए उन्होंने खूंटी पर टंगा अपना कोट भी पहन लिया।

ताऊजी अपनी डगमग चाल से जब तक कमरे में पहुंचते, बाबूजी तैयार होकर बाहर निकल आए और बोले, "चलिए मिसुरजी, जरा चौराहे तक हो आएं। मेरे पान बिल्कुल चुक गए हैं।"

और उन्हें 'अबाउट-टर्न' करवा कर सचमुच वे चल पड़े।

प्रमोद ठगा-सा उन्हें जाते देखता रहा। करीने से सजी हई देसी पान की डलिया उसका मुंह चिढ़ाती रही !

बोर

"बॉबी" की कोई धुन सीटी पर निकालता हुआ प्रवीण दनादन सीढ़ियां चढ़ रहा था। घर लौटते हुए हजरत हमेशा टॉप मूड़ में होते हैं। ड्राइंग रूम में पैर रखते ही बेचारा ठिठक गया।

"नमस्ते आंटी" उसने सोफे पर बैठी हुई मिसेज नागराजन् से कहा और जल्दी से अपने कमरे की ओर मुड़ गया।

परंतु वहां भी एक नमूना उसके स्वागत के लिए तैयार था। मेरे कान अनायास ही उस ओर चले गये।

"नमस्ते अंकल !"

"कहिये प्रवीण जी, क्या हाल हैं ?"

"जी, बस ठीक हूं।"

और इसके बाद फुलस्टाप। बस प्रवीण का जोर-जोर से दराजें खोलना और बंद करना सुनाई देता रहा।

"अब हम चलें। बच्चों के लिए चाय बनाइये।" मेरी अन्यमनस्कता को ताड़कर मिसेज नागराजन् ने उठने की तैयारी की।

"अरे नहीं, बैठिये आप। चाय-वाय तो बनती रहेगी।" मैंने औपचारिकता से कहा।

"नहीं, उधर हमारी बेबी भी आती होगी। अच्छा, आइए कभी कहती वे उठ खड़ी हुई। मैंने छुटकारे की सांस ली।

मिसेज नागराजन् को विदा करके मैंने किचन की ओर रुख किया। नाश्ता बना हुआ था, चाय-भर बनानी थी। मेरे पीछे-पीछे प्रवीण किचन में आया। चेहरे पर बेजारी के चिन्ह स्पष्ट थे। बच्चे और बच्चों के पिताजी, बाहर

से चाहे जितने मिलनसार बनते रहें, पर घर आते ही कोई बैठा मिल जाये, तो उनका मूड ऑफ हो जाता है।

"ये महाशय कब से बैठे हैं ? उसने माथे पर बल डालते हुए पूछा।"

"तीन बजे आ गया था। मेरे पास तो मिसेज नागराजन् बैठी थीं। सो मैने तुम लोगों के कमरे में उसे बैठा दिया था।...अच्छा, चाय के लिए यहीं बुला लें या कमरे में ले जाओगे ?" मैंने पूछा।

"कहीं भी पिला दो, क्या फर्क पड़ता है। ये जग्गी चाचा अच्छी मुसीबत पीछे लगा गये हैं।" उसने झुंझलाकर कहा और मेरे हाथ से ट्र लेकर चला गया।

तब तक नीतू भी स्कूल से आ गयी थी और सलामी का वही दौर शुरू हो गया था।

"नमस्ते अंकलजी !"

"नमस्ते। कहिए नीतूजी, तुम्हारे क्या हाल-चाल हैं ?"

"जी, बस ठीक-ठाक हैं।"

और फिर चुप्पी। इतनी हंसी आयी मुझे, क्या बोर है यह गुप्ता भी ! इससे आगे बोलना ही नहीं जानता। आकर घंटों बैठा रहेगा। कुरेद-कुरेदकर हम जितना पूछ लें, उतना ही जवाब देगा। फिर किसी मैगज़ीन में सिर डालकर बैठा रहेगा।

अक्सर वह दोपहर को ही आता है। इसलिए सबसे ज्यादा शामत मेरी आती है। इस तरह घर में कोई बैठा रहे, तो बेफिक्र होकर न तो लिखना-पढ़ना हो पाता है, न सिलाई-बुनाई। सोने का तो खैर प्रश्न ही नहीं उठता। बस आमने-सामने बैठे रहे। एक-एक घंटे में एक-एक वाक्य बोलते जाओ।

प्रवीण ठीक ही कहता है। जग्गी अच्छी बीमारी लगा गये हैं हमारे पीछे। पिछले साल किसी ट्रेनिंग के सिलसिले में भोपाल आये थे। उन्हीं के साथ ये हजरत पहली बार घर में दाखिल हुए थे। जगदीप तो पास हो-हुआ कर अपने घर लौट गये थे। पर उनका यह दोस्त अच्छी खासी अलामत बनकर हमसे जुड़कर रह गया है।

यों घर पर आने वालों की कमी नहीं है। सभी का आना खुशगवार होता

भी नहीं। मगर गुप्ता के पास तो जैसे अपना कोई व्यक्तित्व ही नहीं है। कई बार तो इतनी कोफ़्त होती है। अरे भई, ज़ब तुम्हारे पास कहने के लिए कुछ नहीं है, तो आते ही क्यों हो ?

नीतू कहती है—"घर न हुआ, पब्लिक लाइब्रेरी हो गयी। इससे तो अच्छा है, हम लोग इन्हें घर पर ही किताबें भेज दिया करें।" बच्चे खासकर ज्यादा चिढ़ते हैं। क्योंकि चाय-नाश्ते में कंपनी उन्हें ही देनी पड़ती है।

गाड़ी का परिचित हार्न सुनकर मैंने गैस पर नये सिरे से चाय का पानी चढ़ा दिया। मेज पर नाश्ता लगाती हुई मैं साहब बहादुर के अंदर आने का इंतजार करने लगी। वे अंदर आये और कुछ ही क्षणों में उनकी गरजदार आवाज में बधाइयों का एक शोर-सा फट पड़ा।

"इतनी गर्मजोशी से बधाई किसे दी जा रही है ? और किस बात की ?" मैंने बाहर आकर पूछा।

"अरे भई, अपने गुप्ताजी को स्टेट बैंक में एपाइंटमेंट मिल गया है। और तुम जानती हो, आजकल बैंक की नौकरियां स्वर्ग का राज्य हो गयी हैं।"

"कन्ग्रेच्युलेशन्स, गुप्ताजी।" मैंने कहा—"लेकिन भई यह तो सरासर पक्षपात है। इतनी अच्छी खबर लेकर आप दो घंटे तक अपने भाई का इंतजार करते रहे। हम क्या इतने पराये थे ?'

"दरअसल आप कुछ बिजी थीं भाभीजी, इसीलिए..." चेहरे पर ढेर सारी शर्म लेकर उसने कहा। वैसे उसने गलत नहीं कहा था। मैंने सचमुच उसे इग्नोर ही कर दिया था। बस, बच्चों का कमरा खोलकर ढेर-सी किताबें उसके सामने पटक दी थीं।

अपने अपराधी मन को कोसते हुए मैंने कहा, "खुशखबरी ऐसे थोड़े ही सुनायी जाती है। मिठाई खायेंगे हम तो।"

"क्यों तंग कर रही हो बेचारे को ! हम लोग बड़े हैं। गुप्ता की तरफ से मिठाई हम खिलायेंगे।" इन्होंने ऐलान किया।

"जी मिठाई तो मैं लेकर चला था," उसने हकलाते हुए कहा और थैली में से मिठाइयों का एक बड़ा-सा पैकेट मेरे सामने कर दिया।

"अरे, मैं तो मज़ाक कर रही थी।"

"मैं यहां के लिए लाया था। बच्चों के लिए।" सकुचाता-सा वह बोला। अब मेरे लिए कोई चारा नहीं रहा।

"आओ गुप्ताजी, चाय पियेंगे।"

"भाई साहब, मैं पी चुका।"

"अरे एक कप हमारे साथ सही। क्या फर्क पड़ता है!"

यह भी हमेशा का ही क्रम था। चाय की मेज़ पर हम तीनों ने फिर साथ ही चाय पी, नाश्ता किया। मिठाइयों का पैकेट भी खोल लिया था और ये मिठाइयों की भूरि-भूरि प्रशंसा किये जा रहे थे। मेरे मन में लेकिन एक ही बात बार-बार चुभती रही–इस कड़की के मौसम में यह खर्च इसे कितना मंहगा पड़ा होगा!

"तो कब जॉइन कर रहे हो?"

"मंगल को हाजिर होने के लिए कहा है। सोमवार को निकल जाऊंगा।"

"जाने से पहले हमारे यहां खाना खाकर जायेंगे।" मैंने कहा।

"भाभीजी, अक्सर ही तो आपके यहां खाता रहता हूं।"

"इस बार फेयरवेल समझ लो।"

वह लड़कियों की तरह झेंप गया।

"कहिए, आपको कब फुरसत होगी? इतवार को आ सकेंगे?"

"जब आप कहें।"

"तो फिर बात पक्की। इतवार की दोपहर को आप हमारे साथ खा रहे हैं।" वह सिर हिलाकर रह गया।

उसके जाते ही ये मुझ पर बरस पड़े—"हमारा संडे तबाह कर दिया तुमने। भला और किसी दिन नहीं बुला सकती थीं?"

और दिन ही कौन-सा है? कल हमारे क्लब की मीटिंग है। परसों अहूजा के यहां रिसेप्शन है। शनिवार को पिक्चर के टिकट पहले से ही आ चुके हैं। कहें तो उन्हें कैन्सिल करवा दूं!"

"किसी दिन दोपहर को बुला लेतीं!"

"मैं अकेली क्या सिर फोड़ूंगी उससे!" मैंने चिढ़कर कहा।

बच्चे अलग नाराज़ थे। "मम्मी को बैठे-बिठाए क्या सूझ जाता है।" नीतू भुन-भुना रही थी।

"अरे वाह ! वह बेचारा ढेर-सी मिठाई लेकर आया और हम एक बार उसे खाने पर भी न बुलाएं !"

"मगर इतवार को क्यों ?" प्रवीण का एक ही प्रश्न था। इतवार उसके लिए क्रिकेट-वार होता है। घर पर ठहरना उसके लिए सज़ा है।

इतवार को भी ये रोज की तरह तैयार होने लगे, तो मैंने कहा—"जनाब भूल गए कि आज छुट्टी है।"

"छुट्टी तो है, पर वह विधान सभा जो सिर पर आ रही है। टेबल पर फाइलों का ढेर छोड़ आया हूं।"

"और वे जो बी-ओ-आर-ई आने वाले हैं..."

"कौन ? अच्छा गुप्ता की बात कर रही हो ! भई तुम लोग हो तो। मेरे न रहने से बल्कि जरा फ्रीडम रहेगी।"

प्रवीण ग्राउंड के लिए खिसकने की तैयारी कर रहा था। परन्तु पापा की इस कर्तव्यपरायणता के कारण उसका मैच खटाई में पड़ गया। भुनभुनाते हुए ही उसने अपने दोस्तों को लौटाया।

"बस यही कुछ बनाया है आज ?" खाना खाते हुए इन्होंने पूछा।

"क्यों ? और क्या बनाना होता है ? दाल-चावल है, सब्जी-परांठे है, अचार-चटनी है। और क्या चाहिए ?"

"कमाल करती हो ! यों तो पता नहीं, रोज क्या अल्लम-गल्लम बनाया करती हो। आज उसे फेयरवेल दे रही हो तो कुछ भी नहीं ! सुनों, ऐसे अच्छा नहीं लगता। तुमसे न बने तो बाजार से ही कुछ मीठा मंगवा लो।"

उनके जाने के बाद में दिमाग कुरेदती रही, सब्जी की टोकरी टटोलती रही। फिर प्रवीण से कहा—"बेटे, जरा दौड़कर बाजार से एक हीमा का पैकेट तो ला दे। गुलाबजामुन बना लूं जरा।"

तो गुप्ता अंकल के ऑनर में गुलाबजामुन बन रहे है। नीतू ने चटखारे

लेकर कहा।

"चल ज्यादा बातें मत बना। जरा आलू छीलने में हाथ बटा तो।" मैंने एक हल्की-सी डांट पिलायी।

खाना बनाने का मुझे तो जैसे बुखार चढ़ता है। मिनिटों में दिमाग में पूरा मेनू ड्राफ्ट हो जाता है। यों मुझे घंटे-भर पहले रखी हुई चीज याद नहीं रहती। पर यह जरूर याद रहता है कि छह महीने पहले अमुक सज्जन के लिए मैंने क्या-क्या बनाया था। कोई भी डिश रिपीट न हो, इसका मुझे खूब ध्यान रहता है। रेडियो से, पत्रिकाओं से, सहेलियों से व्यंजनों के ब्यौरे इकट्ठा करती रहती हूं। खाने की मेज पर जब तारीफों के पुल बांधे जाते हैं, तो मेरी मेहनत सफल हो जाती है।

गुप्ता जब आया, तो रसोई महक रही थी। और मेज डोंगों और डिशेस से खचाखच भरी हुई थी।

"कितनी तकलीफ उठा रही हैं आप भाभीजी। मैं तो घर का ही आदमी था।" उसने आते ही कहा। पर स्वागत का सरंजाम उसे पुलकित कर गया था, यह छिपा नहीं रहा।

"अंकलजी ! अभी लखनऊ पहुंचे भी नहीं, तकल्लुफ अभी से सीख गए !" नीतू ने चुटकी ली। वह शर्म से लाल हो गया।

आज खाना खाते हुए वह हमेशा की तरह गुमसुम नहीं रहा। काफी बोलता रहा, हल्का-फुल्का मज़ाक भी करता रहा। नौकरी मिलते ही उसके चेहरे पर थोड़ी ताज़गी आ गयी थी। कपड़े भी जरा ढंग के पहने था। प्रवीण ने पैंट के कपड़े की तारीफ की, तो वह काफी खुश हो गया था।

दोपहर को बच्चों के साथ थोड़ी देर ताश खेलकर वह जाने लगा, तो मैंने कहा—"आते रहिएगा।"

"यह भी कोई कहने की बात है, भाभीजी !"

"बहुत दूर जा रहे हैं आप।"

"अंकलजी तो उतने बड़े शहर में जाकर हमें भूल ही जाएंगे।" प्रवीण ने लाड़ जताया।

"अरे नहीं भैया," उसने प्रवीण को प्यार से थपकियाते हुए कहा।

"बच्चे आपको याद करेंगे। कभी-कभार पत्र देते रहिएगा।" मैं शिष्टाचार और सौजन्य की मूर्ति बनी हुई थी। बातें अपने आप मुंह से फिसलती जा रही थीं—"नौकरी तो अच्छी मिली है, पर यही मलाल रहेगा कि बहुत दूर जा रहे हैं। अपनी हैल्थ वगैरह का ध्यान रखिएगा।"

उसने मेरी ओर देखा। दिन-भर चेहरे पर छिटकी खुशी धुंधली पड़ गयी। भर्राये कंठ से बोला—"आप लोग इतना प्रेम रखते हैं, इसी से तो यहां आने की इच्छा होती है। और कहीं तो मैं जाता भी नहीं। रिश्तेदारों के यहां तो बिलकुल भी नहीं।"

मैं चुप।

"बेकार लड़का और अनब्याही लड़की—दोनों का एक-सा हाल होता है। हर कोई उन्हें उपदेश देगा, आलोचना करेगा, मजाक बनाएगा। सीधे मुंह बात तो कोई करेगा ही नहीं। लेकिन मुझे यहां जो व्यवहार मिला वह इतना अलग था..." भावावेग के कारण उससे बोला। नहीं गया।

मैं सन्न रह गयी! यह घुन्ना लड़का मन में इतना दर्द संजोए है, किसने सोचा था!

"अच्छा चलूं भाभाजी, कहते हुए उसने झुककर मेरे पांव छू लिए और एकदम दरवाजे से बाहर हो गया।

बड़ी देर बाद शर्म से झुके सिर उठाकर हमने एक दूसरे की ओर देखा। सबकी आंखें भर आयी थीं...

और वे आंसू नकली नहीं थे।